ArDieN SAGA

아르디엔 전기

FANTASY FRONTIER SPIRIT

인기영 판타지 장편 소설

아르디엔 전기 6

인기영 퓨전 판타지 소설

초판 1쇄 찍은 날 § 2014년 3월 12일
초판 1쇄 펴낸 날 § 2014년 3월 19일

지은이 § 인기영
펴낸이 § 서경석

편집부장 § 권태완
편집책임 § 이효남

펴낸곳 § 도서출판 청어람
등록번호 § 제387-1999-000006호
등록일자 § 1999. 5. 31
어람번호 § 제1-1803호

주소 § 경기도 부천시 원미구 부일로 483번길 40 서경B/D 3F (우) 420-822
전화 § 032-656-4452팩스 § 032-656-4453
http://www.chungeoram.com
E-mail § chungeorambook@daum.net

ISBN 979-11-5681-924-0 04810
ISBN 978-89-251-3539-7 (세트)

ArDieN SAGA

아르디엔 전기

FANTASY FRONTIER SPIRIT

인기영 판타지 장편 소설

CONTENTS

Chapter 01
신전

풍요의 땅 이르베스에 갑자기 솟구친 신전.

아르디엔 일행은 그 신전 안에서 자신을 오리진이라 밝힌 사내와 만났다.

마렉과 마리엘은 시선을 놀란 시선을 교환했다.

"들었지? 오리진이래."

"뭐 대단할 줄 알았는데, 별거 없어 보이는구만."

마렉이 사내를 위아래로 훑어봤다.

갈색 머리카락과 눈동자, 특이할 것 없는 옷차림. 평범한 외모. 적당한 키.

자세히 관찰하지 않으면 다음에 길가다 마주쳐도 그냥 모르고 지나갈 만큼 특징이 없었다.

그나마 일반인과 조금 다른 점이라면 상대방을 너무나 평안하게 만들어주는 기운이 느껴진다는 것 정도였다.

"나를 찾아오셨나요?"

사내가 물었다.

"그래."

"무엇 때문에… 아, 그전에 통성명부터 할까요? 전 하우랑이라고 해요. 여러분은?"

"아르디엔 하멜 후작."

"마리엘."

"마렉 크로거다."

"한 분은 귀족이시네요."

"신전의 지하에서 뭘 찾았나."

아르디엔이 하우랑의 말을 끊었다.

하우랑이 잔잔한 미소를 머금었다.

"성격이 급하시네요. 이야기나 좀 하죠. 물론 쓸데없는 잡담을 나눌 건 아니에요. 그저 조금 궁금하네요. 제가 무얼 찾았는지, 그게 왜 궁굼하시죠?"

"뮤테아를 알고 있겠지."

"압니다."

"지금은 마도국의 비호를 받고 있다더군."

"그것도 알고 있구요."

"뮤테아를 제외한 나머지 오리진들이 무언가를 찾아서, 뮤테에게 가지고 가면 그녀가 그것들을 조합해 하나의 어떤 '물건' 으로 만든다. 맞나?"

"비슷하네요."

"그런데 그 물건은 마왕의 강림에 필요하다고 했어. 그래서 마도국이 뮤테아를 보살펴 주고 있는 거고."

"그것 역시 알고 있어요. 우리는 다 마도국에 가서 뮤테아를 만나봤으니까요."

"너희들도 마왕의 강림을 바라는 건가?"

"설마요. 음··· 사실대로 말하자면, 마왕이 강림하든 말든 별로 관심 없어요. 그건 우리들의 일이 아니에요. 인간들의 일이지."

하우랑의 말이 아르디엔은 물론이고 마렉과 마리엘게도 상당히 거슬렸다.

그는 지금 자신은 보통의 인간들과 다르다는 식으로 얘기하고 있었다.

가장 성질 급한 마렉이 버럭 소리쳤다.

"네놈은 뭐가 그렇게 잘나서 그따위 망발이야! 모가지 잘리면 뒈지는 건 똑같은 거 아니야? 이 자리에 묘비 한 번 박아

줄까?!"

"아, 그런 의미는 아니었는데… 기분 상하셨다면 죄송합니다."

뮤테아의 사과 한마디에 마렉의 화가 전부 가라앉았다.

거짓말 같았다.

마렉은 한 번 화가 나면 분이 풀릴 때까지 잘 삭히지 못하는 스타일이다.

그런데 이토록 쉽게 기분이 전환될 줄이야.

"아, 나 이건 이것대로 미치겠네."

자신의 감정이나 의지가 타인에 의해 컨트롤되는 것 같으니 영 기분이 찝찝했다.

아르디엔이 나서서 상황을 정리했다.

"어찌 되었든 난 인간이다. 그리고 이 세상에 마왕이 강림하는 원치 않아. 네가 지하실에서 가져온 그 물건, 내게 줘야겠어."

"그게 뭔지나 알고 달라는 건가요?"

"모른다. 무엇이든 상관없어."

말을 하며 아르디엔은 전생을 되짚었다.

전생에선 마왕이 강림하는 일은 벌어지지 않았다.

하지만 그것은 아르디엔이 살아 있었을 때까지의 일일 뿐이다.

그 후에 마왕이 강림했을 수도 있다.
해서, 하우랑을 막아야 했다.
"마지막 경고다. 네가 가진 것을 넘겨라."
"그럴 순 없어요. 미안해요."
그 순간 아르디엔보다 먼저 마렉이 쌍검을 뽑아들고 앞으로 튀어나갔다.
엄청난 기운이 하우랑을 덮쳐왔다.
하지만 하우랑은 조금도 긴장하는 기색이 없었다.
마렉의 손에 들린 크림슨은 하우랑의 목을 물어 뜯으려 했다.
한데 그 순간.
화아아아아아악!
하우랑의 몸에서 피어오른 빛줄기가 사방으로 퍼져 나갔다.
그리고 크림슨의 날이 하우랑의 목 언저리에 닿았다.
하지만 아무런 피해도 줄 수 없었다.
그저 말 그대로 날이 목에 닿았을 뿐이었다.
"응……?!"
마렉이 손에 힘을 주었다.
하지만 하우랑의 목엔 강철이라도 두르고 있는 듯 크림슨의 날이 박히지 않았다.

하우랑이 두 손으로 크림슨을 슥 밀었다.

크림슨의 날이 하우랑의 어깨를 타고 바닥으로 툭 떨어졌다.

"……!"

상식적으로 말이 안 되는 일이었다.

개미 모가지도 꺾을 수 없을 것 같은 샌님이, 크림슨을 손으로 밀어내다니?

"이놈!"

마렉은 다시 한 번 크림슨을 휘둘렀다.

이번에는 어깨를 노렸다. 한데 결과는 마찬가지였다.

크림슨의 날은 하우랑의 양 어깨를 살짝 치는 것이 전부였다.

"소용없어요. 저한테는 그 어떤 물리적인 공격도 통하지 않아요."

그러자 마리엘이 허리에 감고 있던 채찍을 들어 휘둘렀다.

채찍의 대가리가 먹이를 노리는 뱀처럼 쏘아져 나갔다.

한데 하우랑의 지척에서 갑자기 힘을 잃고 축 늘어졌다.

"뭐, 뭐야?"

당황한 마리엘이 몇 번 더 채찍을 휘둘렀으나 하우랑에겐 아무런 피해도 줄 수 없었다.

"무슨 수작을 부리는 거냐!"

마렉이 소리쳐 물었다.

"물리력을 제로로 만들었어요. 신성력으로."

하우랑의 몸에서 뿜어져 나온 환한 빛은 바로 신성력이었다.

지금도 그의 주변에는 성스러운 빛이 너울거리고 있었다.

"그럼 이건 어떠냐!"

마렉이 크림슨에 오러를 실어 수직으로 내려쳤다.

크림슨은 하우랑의 정수리를 노렸다.

한데, 크림슨이 신성력에 휩싸이는 순간 오러가 사라졌다.

크림슨에 실린 물리적 힘은 전부 사라져, 하우랑에게 아무런 충격도 주지 못했다.

톡.

하우랑은 정수리에 얹어진 크림슨을 밀어냈다.

"아, 오러 역시 마찬가지에요. 마법도, 정령술도, 그 모든 것들이 악테르사 신의 힘 앞에서는 무용지물이 되어버리죠."

그러자 아르디엔이 나섰다.

그가 하우랑의 앞으로 달려가 주먹을 내질렀다.

하우랑은 이를 피하지 않았다.

톡.

역시나 아르디엔의 주먹은 하우랑의 뺨을 살짝 건드릴 뿐이었다.

"당신들은 내게 아무런 해도 입힐 수 없어요. 계속 이렇게 힘만 뺄 건가요? 저는 싸움을 원하지 않아요. 그냥 평화롭게 해결하면 안 될까요?"

"마왕이 강림하면 이그드라엘 대륙엔 네가 말하는 평화라는 것이 사라진다."

아르디엔이 하우랑을 노려보며 대꾸했다.

"그건 아직 일어나지 않은 일이잖아요. 어찌 되었든 당신이 빼앗으려는 것이 우리들한텐 꼭 필요해요. 이제 그만 가봐야겠네요. 게르갈드의 국왕 이름이 루틴이던가요? 그가 좋은 걸 주더라구요."

하우랑이 품속에서 마법 스크롤 하나를 꺼내들었다.

"이걸 찢으면 제가 가봤던 곳으로 단숨에 이동할 수 있다던데. 한 번도 마법의 힘을 이용해 본 적이 없어서 기대되네요."

"그냥 놔줄 것 같느냐!"

마렉이 성난 황소처럼 달려들어 마법 스크롤을 빼앗으려 했다.

그의 우악스러운 손이 마법 스크롤을 잡는 것까지 성공했다. 그러나 빼앗을 수가 없었다.

"크윽!"

"그럼 전 이만 가보겠습니다."

하우랑이 마법 스크롤을 찢으려는 순간, 아르디엔의 몸에서 비욘드 소울이 폭출되었다.

그것이 하우랑의 전신을 옭아맸다.

"그 어떤 힘도 저한텐 소용없다고 말했……."

하우랑이 말을 하다 말고 굳어버렸다.

여태껏 여유를 부리던 그의 얼굴에 미소가 사라졌다.

"이건……?"

하우랑이 기이한 시선으로 아르디엔을 바라보았다.

"여기엔 반응하는군."

아르디엔이 차가운 웃음을 베어 물었다. 그리고 마법 스크롤을 잡아챘다.

전과 달리 마법 스크롤을 쥔 손에 힘이 들어갔다.

하우랑의 몸에서 더욱 밝은 빛이 뿜어졌다.

아르디엔의 손에서 힘이 빠졌다. 그에 아르디엔도 비욘드 소울의 강도를 높였다.

신성력과 비욘드 소울이 부딪히며 힘겨루기를 했다.

하우랑이 입을 꽉 다물고 마법 스크롤을 힘껏 찢었다.

부우우욱!

스크롤이 찢어지며 하우랑이 순식간에 사라졌다.

"이런!"

마리엘이 이를 바드득 갈았다.

"젠장할 놈."

마렉은 욕을 내뱉었다.

"이제 어쩔 거야? 다 잡은 걸 눈앞에서 놓쳤으니."

마리엘이 아르디엔에게 물었다.

하지만 아르디엔은 아무런 말도 하지 않았다.

마렉은 아르디엔이 상심하는 것이라 생각하고 마리엘을 말렸다.

"거 놓칠 수도 있지. 칼로 썰어도 소용없고, 오러로 때려도 멀쩡한 놈을 어떻게 잡아?"

"어쨌든 겨우 발견한 오리진인데 아깝잖아. 이제 어쩔 거야?"

"그놈 마도국이 뒷배라잖아. 쳐들어가면 돼지!"

"넌 머릿속에 근육만 들었어?"

"뭐라고? 이 망할 계집애가!"

"그럼 아니야? 마도국이 어디 막 쳐들어갈 수 있는 이웃 동네야? 한 번 가봐라. 바로 목 따일 걸."

"그전에 네년 목부터 따야겠다."

"해볼래?"

"안 그래도 기분 뭣 같았는데, 듣던 중 반가운 말이네."

마렉과 마리엘이 서로를 노려보며 으르렁거렸다.

"둘 다 그만해."

아르디엔이 두 사람 사이에 끼어 중재했다.

"칫."

"흥."

마리엘은 채찍을 허리에 감았고, 마렉도 크림슨을 검집에 넣었다.

그러자 아르디엔이 두 사람 앞에 오른손을 내밀었다.

주먹을 쥔 손을 펴자 그 안엔 목걸이 하나가 담겨 있었다.

마리엘이 목걸이를 보고서 뒤로 한 걸음 물러났다.

"이러지 마. 나 임자 있는 몸이야. 뜬금없이 이 타이밍에 사랑고백 같은 거 하기 있어?"

아르디엔이 피식 웃었다.

"너한테 주려는 거 아니야."

그러자 마렉의 얼굴이 사색이 되었다.

"후, 후작 나으리! 난 그런 취향 없수!"

"그런 게 아니라니까."

"그럼 뭡니까?"

"하우랑이 걸고 있던 목걸이다."

"……!"

"……!"

마렉과 마리엘의 눈이 휩떠졌다.

"아니, 그걸 언제 훔쳤수?"

"사라지기 전에."

아르디엔은 처음부터 마법 스크롤이 아닌 목걸이를 노렸었다.

마법 스크롤을 빼앗으려 했던 건 하우랑의 신경을 돌리기 위해서였다.

"그런데 그 목걸인 왜 훔친거야?"

마리엘이 물었다.

아르디엔은 대답하는 대신 마렉에게 다시 물었다.

"마렉, 하우랑의 목걸이에서 빛이 일더니 신전이 나타났다고 했었지?"

"내가 보기엔 그랬수."

"마도국에 머물고 있는 뮤테아란 오리진은 조합을 해야 한다고 했어. 나머지 오리진들이 뮤테아가 조합해야 할 무언가를 갖고 와야 하고. 그렇다는 건, 하우랑뿐만 아니라 다른 오리진들도 그 무언가를 찾으려 하겠지. 그리고 그 무언가는 지금처럼 감추어진 신전 속에 보관되어 있을 가능성이 높아."

"그건 그냥 가정이잖아."

마리엘이 고개를 저었다.

하지만 아르디엔에겐 단순한 가정이 아니었다.

확신이 있었다.

전생에 이르베스에서처럼 갑자기 나타난 신전에 대한 소문을 들었었다.

한동안은 그 신전들을 조사하기 위해 각지의 프리스트들이 모여들기도 했다.

그리고 어디에서 신전이 나타났는지, 아르디엔은 기억하고 있다.

하나는 제국에 있고, 다른 하나는 대륙 서남단 끝에 있는 보레아 왕국에 있었으며, 나머지 둘은 그라함 왕국에 있었다.

이르베스에 하나.

잔타로 영지에 하나.

"마리엘. 잔타로 영지로 공간이동할 수 있어?"

"두엘라랑 베르덴이라면 가능해."

"그럼 두엘라로 가줘."

"거긴 갑자기 왜?"

"두엘라에서 멀리 떨어지지 않은 페르탄이란 마을 근처에 또 다른 신전이 봉인되어 있을 거야."

"그걸 어떻게 알아?"

"우리가 있는 신전은 신성 왕국 에덴이 탄생한 이후 초창기에 만들어진 신전이야. 이그드라엘 대륙엔 초창기, 각 지역에 네 개의 신전이 들어섰지. 그라함 왕국에 둘, 제국에 하나, 그리고 보레아 왕국."

"그런데?"

"추측해 보건데, 그렇다면 오리진이 구하려는 다른 '물건'들이 초창기에 세워진 신전들에 감추어져 있지 않을까 하는……."

추측이 아니라 사실이다.

전생에서 프리스트들은 갑자기 나타난 네 개의 신전을 신성왕국 에덴이 탄생한 이후 초창기에 만들어진 신전이라 공표했었다.

처음 신성왕국이 깃발을 드높였을 땐, 사람들이 악테르사 신에 대해 잘 몰랐다.

그러다 악테르사 신을 하나하나 섬기게 되면서 비슷한 시기에 네 개의 신전이 지어지게 되었다.

현재 그 네 개의 신전 중 하나가 있는 두엘라는 당시엔 그라함 왕국의 영토가 아니었다.

"그런 것까지 알아?"

마리엘이 아르디엔의 지식에 감탄을 표했다.

"신학의 역사에 조금만 관심을 가지면 어렵지 않게 알 수 있어."

"그런데 네 예상이 틀리면?"

"아무것도 안하고 여기에 가만히 있는 것보단 낫겠지."

"알았어. 가보자고."

마리엘이 마렉을 바라봤다.

"그쪽도 갈 거야?"

"가야지."

마리엘은 마렉과 아르디엔의 손을 잡았다.

세 사람의 모습이 신전에서 사라졌다.

*　　　*　　　*

잔타로 영지의 대도시 두엘라엔 칼토르 후작가가 있다.

칼토르 후작은 연무장에서 검술을 연마하고 있었다.

그의 주특기는 정령술이지만 늘 검술도 게을리하지 않았다.

5월의 볕은 따뜻했다.

윗옷을 벗고 열심히 검을 휘두르는 칼토르 후작의 조각 같은 몸에 땀이 맺혔다.

"아빠, 쉬엄쉬엄하세요."

언제 다가왔는지 베르체스가 말하며 수건을 건넸다.

"오~ 베르체스. 언제부터 있었니?"

"방금 왔어요."

칼토르 후작이 베르체스에게 수건을 넘겨받아 몸을 닦았다.

"요새 들어 더 열심이시네요?"

"근심 걱정이 없으니 내 몸을 관리하고 취미생활을 하는데 더 공을 들이게 되는 구나."

"보기 좋아요."

"이게 다 하멜 후작 덕이 아니겠느냐."

"그렇죠."

"지금 생각해봐도 이 모든 일이 꿈만 같단다. 반란 역도들을 어찌 그 한순간에 정리할 수 있었는지."

"요즘엔 워낙 바쁜지라 얼굴도 많이 못봤네요."

"그러게 말이다. 한데… 베르체스."

"네?"

"너는 하멜 후작이 마음에 없느냐?"

느닷없는 칼토르 후작의 물음에 베르체스가 당황했다.

"그, 그건 갑자기 왜……?"

그에 칼토르 후작의 눈이 가늘어졌다.

"왜 그리 놀라느냐. 농을 친 것뿐인데."

"전 아직 누군가와 혼인할 생각 같은 건……."

"혼인이라니? 그저 마음에 없느냐 물었을 뿐이다. 왜 이렇게 멀리 가느냐?"

"네? 아니… 저, 하멜 후작님에겐 아로아도 있구… 아무튼 전 생각 없어요."

베르체스는 부리나케 연무장에서 떠났다.

그런 딸의 뒷모습을 보며 칼토르 후작이 입맛을 다셨다.

"저 녀석도 마음에 있었구만. 거 참 안타깝네."

*　　　*　　　*

두엘라에 도착한 아르디엔 일행은 페르탄으로 향했다.

페르탄은 작은 마을이다.

그곳에서 서쪽으로 삼키로 정도 떨어진 숲 속에 또 하나의 신전이 있었다.

두엘라에 온 이후로는 아르디엔이 마렉과 마리엘을 들고서 달렸다.

눈 깜짝할 새 목적지에 도착한 아르디엔은 정신없어 하는 두 사람을 내려놓고 목걸이를 들어 앞으로 내밀었다.

그리고 주변의 땅을 향해 이리저리 비추어보았다.

하지만 아무런 반응이 없었다.

아르디엔은 조금씩 자리를 옮겨가며 계속해서 목걸이를 바닥에 비추었다.

그러다 어느 순간 목걸이에서 빛이 일더니 쿠르릉! 하는 진동과 함께 땅이 푹 꺼지며 그 안에서 신전 하나가 솟구쳐 올랐다.

"어어… 올라온다!"

"신전이야……."

갑자기 나타난 신전을 보며 마렉과 마리엘이 탄성을 뱉었다.

"다행히 우리가 먼저 도착했어."

만약 누군가가 다녀갔다면 신전은 이미 땅속에서 올라와 있었을 것이다.

"들어가자."

아르디엔이 앞장섰다.

마리엘과 마렉이 그런 아르디엔의 뒤를 따라 움직였다.

신전의 외관과 내부 구조는 이르베스에서 보았던 신전과 거의 다를 바 없었다.

대리석으로 지어진 신전의 제단 뒤쪽으로 지하통로가 있었다.

아르디엔이 망설임 없이 계단을 밟아 내려갔다.

Chapter 02
신물

신전의 지하는 빛 한 점 들어오지 않았지만, 밝았다.

라이트 마법이 인챈트된 것은 아니었다.

신력은 마력과 상반되는 기운이다.

해서, 신전에 마법을 인챈트할 수는 없었다.

대신, 지하 전체가 자체적으로 빛을 내는 야광석이라는 특이한 광물로 만들어져 있었다.

길은 외길이었다.

넓은 통로가 앞으로 쭉 뻗어 있었다.

아르디엔 일행은 나 있는 길을 걸어갔다.

길의 양쪽으로는 고대 성투사들의 석상이 죽 세워져 있었다.

하나같이 늠름한 덩치에 철갑을 두르고 투핸디드소드를 들고 있는 모습이었다.

"뭔 놈의 석상을 이렇게 많이 세워놨대?"

마렉이 혼잣말을 했다.

"그러게. 꼭 살아서 움직일 것 같아."

마리엘이 그 말에 맞장구를 쳤다.

그때였다.

드드드드. 드드드드.

마치 마리엘의 말에 반응이라도 한 듯 석상들이 일제히 움직이기 시작했다.

"이건 또 뭐야?"

마리엘이 당황해서 주변을 둘러보았다.

끝이 보이지 않는 긴 통로만큼 수많은 석상들이 눈에서 하얀 안광을 뿜어내며 아르디엔 일행에게 다가왔다.

"그러니까 말 좀 가려가면서 해, 이 계집애야."

마렉이 버럭 마리엘에게 화를 냈다.

"지금 그런 거 따질 때야? 저 돌덩이들이나 패 죽여."

신경질적으로 외친 그녀가 허리에 찬 채찍을 들었다.

마렉도 크림슨 두 자루를 뽑았다.

아르디엔의 손엔 벌써 왕가의 검 그랑벨이 쥐어져 있었다.

"하우랑인가 뭔가 하는 놈 만난 이후부터 배배 꼬여서 화풀이할 데가 없었는데 마침 잘됐다! 다 덤벼, 새끼들아!"

"보물을 감춰놓은 신전에 아무런 장치가 없는 게 더 이상하지. 아주 박살을 내주겠어."

마렉과 마리엘이 동시에 소리치며 달려 나갔다.

석상 하나가 마렉에게 검을 휘둘렀다.

쐐애애애액!

석상이라는게 믿기지 않을 정도로 움직임이 빨랐다.

마렉이 크림슨 한 자루로 그것을 막아냈다.

쾅!

이어, 다른 한 자루를 휘둘렀다.

콰지직!

오러가 어린 크림슨의 날이 석상의 허리를 부러뜨렸다.

사람이었다면 그대로 죽었을 테지만, 석상은 달랐다.

하반신은 마렉에게 발길질을 해댔고, 땅에 떨어진 상반신은 계속해서 검을 휘둘러댔다.

"이 거지같은 놈들! 조각조각 내야 한다 이거지!"

마렉이 크림슨을 더욱 무섭게 휘둘렀다.

그에 방금 두동강이 난 석상과 동시에 달려들던 또 다른 석상 셋이 크림슨에 얻어맞았다.

콰드드득! 콰지직!

석상들은 엄청난 충격파에 가루가 되어 흩어졌다.

이에 질세라 마리엘도 채찍을 매섭게 휘둘렀다.

오러가 어린 마리엘의 채찍은 폭풍처럼 석상들을 휘몰아쳤다.

콰지직! 콰지작!

마리엘을 노리던 석상들은 근처에 다가오기도 전에 조각조각나서 허물어졌다.

한데 뭔가 이상했다.

아르디엔에게는 어떤 석상도 달려들지 않았다.

다가오는 녀석부터 박살을 내려던 아르디엔은 고개를 갸웃거렸다.

'왜지?'

잠시 고민하던 아르디엔이 주머니에서 하우랑의 목걸이를 꺼냈다.

그리고 그것을 마리엘에게 던졌다.

"받아!"

마리엘의 채찍이 호를 그리며 다가오는 목걸이를 낚아챘다.

엉겁결에 목걸이를 넘겨받은 마리엘은 멍한 얼굴이 되었다.

"이 와중에 이걸 왜 줘?"

아르디엔은 마리엘을 살폈다.

조금 전까지 그녀에게 달려들던 석상들이 갑자기 방향을 틀어 마렉에게 몰려들었다.

그리고 아르디엔에게도 다른 석상들이 다가오기 시작했다.

"어? 나한테 안 오네?"

마리엘이 신기해하다가 목걸이를 바라봤다.

"이 목걸이 때문이야?"

눈 깜짝할 새 석상 다섯 마리를 가루로 만든 아르디엔이 고개를 끄덕였다.

"그래. 그 목걸이엔 신성력이 담겨 있어. 지하를 지키는 이 석상들은 신성력을 가진 사람은 공격하지 않는 모양이야."

"그렇구나? 그럼 난 편하게 구경해도 되겠네? 힘내라고."

마리엘이 목걸이를 목에 걸더니 그 자리에 털썩 주저앉았다.

마렉이 그런 마리엘에게 욕을 한바탕 퍼붓고서는 전보다 더 무섭게 크림슨을 휘둘렀다.

콰콰콰콰쾅!

석상들이 검을 제대로 휘둘러보지도 못한 채, 무너졌다.

아르디엔은 마렉이 무너뜨린 석상의 다섯 배 이상 되는 수를 박살 냈다.

그럼에도 석상들은 계속해서 몰려오는 중이었다.

"계속 와봐, 돌덩이들아!"

마렉이 호기롭게 외치며 튀어나갔다.

아르디엔도 신형을 날렸다.

두 사람은 빠르게 통로를 질주했다. 그것은 마치 매서운 질풍과도 같았다. 질풍에 얻어맞은 석상들은 단 하나도 예외 없이 돌가루가 되어 바닥을 덮었다.

뒤에서 그 광경을 지켜보던 마리엘이 고개를 주억거렸다.

"역시 대단하네. 덕분에 난 편하게 가겠어~"

몸을 일으킨 마리엘은 매캐한 돌먼지가 날리는 바닥을 살짝살짝 밟아가며 걸음을 옮겼다.

* * *

레나가 하멜 아카데미를 찾았다.

딱히 볼 일이 있어서라기보단, 그냥 심심해서였다.

하멜 아카데미는 케이아스와 디스토가 운영하고 있었다.

케이아스는 어떻게든 게으름을 피우려는 입장이다 보니, 날이 갈수록 디스토의 잔소리가 늘어만 갔다.

오늘도 케이아스는 디스토를 피해 아카데미 무기 창고에

숨어 잠을 자고 있었다.

그런데 그런 케이아스의 앞으로 누군가가 다가왔다.

이윽고 앙증맞은 손이 케이아스의 코를 살포시 꼬집었다.

"응?"

신나게 코를 골던 케이아스가 눈을 떴다.

그의 앞엔 레나가 서 있었다.

"에헤헤~ 오늘도 땡땡이예요?"

케이아스가 히죽 웃었다.

"응."

레나는 케이아스가 어디서 땡땡이를 치고 있던 귀신같이 찾아냈다.

"놀러왔어?"

"심심해서요."

"그래, 그럼 놀자. 뭐하고 놀까?"

"밥 먹었어요?"

"아니, 아직."

"그럼 밥 먹을래요?"

"그래. 그다음엔 뭐할래?"

"찻집 가서 차 마실래요?"

"그 다음엔 뭐할까?"

"음… 산에 올라갈까요? 좀 걷고 싶어요."

"그 다음엔?"

"에? 그 다음엔… 글쎄요. 케이는 뭐하고 싶은데요?"

"밥 먹고, 차 마시고, 산책하고, 그리고 나랑 연애할래?"

"…네?"

케이아스가 해맑게 웃었다.

"연애하자고."

레나가 한동안 멍해 있다가 물었다.

"연애하면… 재미있을까요?"

"어떨 거 같아?"

"한 번도 안 해봐서 모르겠어요."

"나도 안 해봐서 몰라."

"에에 거짓말! 케이 곁에는 여자들이 한 가득이잖아요."

"하지만 연애했던 여자는 아무도 없어."

"근데 왜 나랑 연애하고 싶은데요?"

"하고 싶으니까."

그동안 레나는 케이아스와 알게 모르게 많은 시간을 함께 해왔다.

가장 말이 잘 통하는 사람이었고, 유쾌했으며 즐거웠다.

그와 함께 하면 그 모든 시간이 지루하지 않았다.

지나간 시간을 되돌아봐도 안 좋았던 적이 전혀 없었다.

레나가 방긋 웃더니 고개를 끄덕였다.

"해볼래요. 케이랑 같이 있으면 즐거워요."

"그래, 하자."

"근데… 연애하면, 뭐부터 해야 돼요?"

레나가 질문을 던지는 순간 케이아스의 얼굴이 가까이 다가왔다.

그리고 두 사람의 입술이 맞닿았다.

쪽.

"어…?"

레나가 눈을 동그랗게 떴다.

"뽀뽀부터 하는 거야."

"그, 그런가요?"

"응."

"좋았어?"

"나, 나쁘진 않았던 거 같아요."

"그럼 한 번 더 해볼래?"

레나가 대답할 새도 없이 케이아스가 다시 한 번 입을 맞췄다.

레나는 자신의 입술을 어루만지며 살짝 얼굴을 붉혔다.

"뽀뽀라는 거… 나쁘지 않네요. 이렇게 좋은 건 줄 몰랐어요."

"또 할래?"

"네."

그렇게 청춘 남녀는 기사 아카데미의 창고 안에서 사랑의 꽃을 피웠다.

*　　*　　*

아르디엔 일행은 석상들을 모조리 때려 부수고 길 끝에 도달했다.

그곳엔 작은 상자가 놓여 있었다.

마렉이 상자를 덥썩 집어서 뚜껑을 열려고 했다.

하지만 그의 힘으로는 역부족이었다.

상자는 열릴 생각을 안했다.

"이익! 이거 뭔 놈의 게, 이렇게 안 열려? 열쇠 같은 걸 넣어야 하나?"

하지만 상자엔 열쇠구멍이 없었다.

잠시 상자를 관찰하던 아르디엔이 마리엘에게 말했다.

"마리엘, 목걸이를 줘."

마리엘이 목걸이를 벗어서 아르디엔에게 건네줬다.

목걸이를 넘겨받은 아르디엔은 그것을 상자에 댔다. 그러자 상자에서 환한 빛이 일더니 뚜껑이 열렸다.

"어? 열렸네?"

마렉과 마리엘, 그리고 아르디엔은 상자 안의 내용물이 무엇인지 확인했다.

그 안에 들어 있는 건, 부채꼴 모양의 얇은 금속이었다.

마렉이 그것을 들어 자세히 살폈다.

"이거… 악테르사 신의 심볼 중 일부분 같은데."

"심볼?"

마리엘이 물었다.

"악테르사 신을 상징하는 문양. 이글거리는 태양이야."

자세히 보니, 금속에는 태양의 일부분이 음각되어 있었다.

"근데 이걸로 뭘 어떻게 한다는 거야?"

마렉이 금속을 이리저리 돌려보며 중얼거렸다.

"보아하니 완벽한 조각이 되려면 이것과 비슷한 금속 세 개가 더 있어야 될 것 같아. 그럼 그 네 개의 조각을 뮤테아가 조합하는 거겠지. 완성된 금속은 어떠한 힘을 발휘할 테고, 그 힘으로 마왕을 강림시키는 것이겠지."

아르디엔이 상황을 정리했다.

"그럼 이건 절대 넘겨주면 안 되는 거네?"

마리엘이 끼어들었다.

"물론. 아울러 가능하다면 나머지 세 조각도 우리가 회수하는 게 좋아. 놈들에게 일말의 여지도 남기지 않도록."

"겉보기엔 크게 대단해 보이지 않는데. 이런 게 신물(神物)이라니."

"이제 나갑시다. 답답해서 더 못 있겠네."

* * *

아르디엔 일행은 신물의 조각을 챙겨 신전 밖으로 나왔다.

한데, 그런 아르디엔 일행에게로 낯선 사내가 다가왔다.

"당신들은… 누구시죠?"

하우랑처럼 갈색 머리카락에 갈색 눈동자를 가진 사내는 아르디엔 일행을 보고 당황한 듯 물었다.

아르디엔이 대답대신 사내에게 되물었다.

"오리진인가?"

"그걸 어떻게 알았죠? 잠깐만… 정리가 잘 안 되네요. 이 신전은 오리진이 아니면 봉인을 풀 수가 없을 텐데."

그 말에 아르디엔은 주머니에서 하우랑의 목걸이를 꺼내 보여주었다.

이를 본 사내의 눈초리가 매서워졌다.

"그 목걸이… 어디서 났습니까."

"하우랑에게 얻었다."

"돌려주시죠."

"그래야 할 이유가 있나?"

"그 목걸이는 당신들 것이 아닙니다. 혹시… 신물도 챙기셨습니까?"

이번엔 마렉이 대답했다.

"당연히 챙겼지. 그게 목적이었는데."

"둘 다 돌려받아야겠습니다."

사내의 몸에서 환한 빛이 일었다.

신성력이었다.

"뭐가 이렇게 급해? 급한 남자 여자한테 인기 없어. 하우랑은 통성명부터 하고 차근차근 상황을 풀어나가던데. 같은 오리진이면서 정말 다르네."

마리엘의 얘기에 사내가 무서운 시선으로 그녀를 쏘아보았다.

"제 이름은 로잔. 당신들에게 신의 심판을 내릴 사람입니다."

로잔이 천천히 아르디엔 일행에게 다가왔다.

마렉과 마리엘이 각자의 무기를 꺼내 들었다.

하지만 선불리 대적할 수가 없었다.

"저놈의 신성력."

마렉이 이를 빠드득 갈았다.

하우랑이 그랬던 것처럼 로잔에게도 그들의 공격이 먹히지 않을 게 뻔했다.

로잔은 이제 지척까지 다가왔다.

그러다 한순간, 빠르게 움직인 로잔이 마렉의 목을 틀어쥐려 했다.

“……!”

방심하고 있던 마렉은 얼른 뒤로 물러서며 크림슨을 휘둘렀다.

그대로 로잔의 팔을 자를 셈이었다.

하지만 크림슨은 로잔의 팔에 살짝 닿기만 할 뿐, 아무런 상처도 입히지 못했다.

“젠장!”

마렉이 욕을 내뱉으며 뒤로 물러났다. 로잔은 그런 마렉을 빠르게 쫓아왔다. 그리고는 기어코 마렉의 목을 틀어쥐었다.

한데 그 손아귀 힘이 어마어마했다. 자세히 보니 덩치도 제법 있었다.

로잔은 성투사 출신으로 제법 대단한 무술 실력을 갖추고 있었다.

“크윽!”

마렉이 괴로워하자 마리엘이 채찍을 휘둘렀다.

“그거 놔!”

쐐애애애액!

날카롭게 날아간 채찍은 크림슨이 그랬던 것처럼 로잔의

몸을 톡 건드릴 뿐이었다.

"사, 사람한테 그거라니!"

마렉은 로잔에게 목이 잡힌 와중에서도 마리엘에게 성질을 냈다. 그게 마음에 안 들었는지 로잔이 더욱 손에 힘을 가했다.

"지금이 한눈팔 때 입니까?"

"끄흐흐……."

마렉이 괴로운 신음을 흘렸다.

로잔은 아르디엔을 노려보며 경고했다.

"동료의 숨이 끊어지는 걸 보기 싫다면, 어서 신물과 목걸이를 내놓으시죠."

마렉의 얼굴이 하얗게 질려갔다.

입술은 벌써 보랏빛으로 변하며 죽어가고 있었다.

절체절명의 상황이 틀림없을 진데, 아르디엔의 입가에 미소가 맺혔다.

"미친 거야?"

아르디엔의 미소를 이해할 수 없었던 마리엘이 톡 쏴붙였다.

하지만 아르디엔은 조금도 미치지 않았다. 오히려 이 자리에 있는 그 누구보다도 이성적이었다.

"그렇군."

아르디엔이 고개를 끄덕였다.

그가 목걸이를 주머니에 집어넣고 로잔에게 다가서며 말했다.

"뭐가 그렇다는 겁니까."

"내가 가지고 있는 목걸이와 신물이 목적이라면 굳이 마렉을 인질로 잡을 필요 없이 직접 와서 가져가면 됐을 텐데."

"……."

"혹시 내가 갖고 있는 목걸이 때문인가? 이 목걸이가 네 신성력을 파훼하나 보군."

로잔의 얼굴에 당혹감이 드러났다.

"내 말이 맞군."

"잡소리 그만 하고 얼른 내놓으시죠. 둘 다."

"끄르르르."

마렉의 입에서 게거품이 흘러나왔다.

"저러다 정말 죽겠어!"

마리엘이 다급하게 소리쳤다.

그때, 아르디엔의 모습이 사라졌다.

놀란 로잔이 황급히 뒤를 돌아보았다.

퍽!

그와 동시에 갑자기 뒤에서 나타난 아르디엔의 주먹에 얼어맞고 죽 날아갔다.

쿠당탕!

"크!"

바닥과 충돌한 로잔이 입에서 피를 닦으며 일어섰다.

"크헥! 켁! 허억! 허억!"

겨우 숨을 돌린 마렉의 얼굴이 잔뜩 일그러졌다.

"공격이 먹혔어!"

마리엘이 소리쳤다.

"후우! 후우! 후작 나으리. 그 목걸이좀 주쇼."

분노가 머리끝까지 차오른 마렉이 으르렁거렸다.

"아니, 내가 한다."

"내가 할 거요! 내 저 새끼 골통을 부셔놓으리다!"

"그는 오리진이야. 그의 말 한 마디면 넌 싸울 마음이 전부 사라져 버릴 걸."

"안 그럴 자신 있수!"

"자신감만 가지고 될 일이 아니다."

"젠장!"

아르디엔은 마렉을 만류하고서 로잔에게 신형을 날렸다.

로잔이 그런 아르디엔을 상대하려 했지만, 역부족이었다.

그의 동체시력으로는 아르디엔의 전광석화같은 움직임을

절대 포착할 수 없었다.

앗 하는 순간 사라진 아르디엔은 로잔의 우측에 나타나 주먹을 날렸다.

퍽!

"큭!"

정통으로 턱을 얻어맞고 비틀거리는 로잔의 복부에 또다시 주먹이 날아들었다.

빡!

"크헉!"

허리가 반으로 접힌 로잔.

아르디엔이 발을 높이 들어 올려 뒤꿈치로 그의 등을 내려찍었다.

빠억!

"끄으!"

털썩.

로잔이 그대로 바닥에 널브러졌다.

아르디엔이 로잔의 뒷목을 손날로 쳐 기절시켰다.

그리고 그의 목걸이를 빼앗았다.

"이제 어쩔 거요?"

마렉이 다가와 물었다.

"이놈을 데리고 돌아간다."

"인질 삼으시게?"

그것도 이유 중 하나였지만, 아르디엔에게는 로잔을 데려가야 할 더 큰 이유가 있었다.

Chapter 03
사라진 금제

오리진들은 전부 갈색 눈동자와 머리카락을 가지고 있는 게 특징이다.

뮤테아도 마찬가지였다.

그녀는 마도국의 왕성에서 내어준 호화객실에서 지내는 중이었다.

뮤테아의 머리카락은 짧았고, 이목구비가 뚜렷했다.

전체적으로 예쁘다기보다는 잘생겼다는 느낌이 강한, 중성적 매력을 풍기는 여성이었다.

그녀는 창가 테이블에 앉아 책을 읽고 있었다.

한참 소설 속 이야기에 정신없이 빠져들던 와중.

똑똑.

누군가의 노크로 인해 의식이 현실로 돌아왔다.

"누구세요?"

뮤테아가 물었다.

"하우랑."

"들어와."

뮤테아는 망설임 없이 그의 출입을 허락했다.

문이 열리고 하우랑이 안으로 들어섰다. 그런데 그의 얼굴이 영 밝지 못했다. 그 원인을 뮤테아는 대번에 알 수 있었다.

그녀의 시선이 하우랑의 가슴으로 향했다.

"목걸이는 어쨌어?"

"…빼앗겼어."

"누구한테?"

"아르디엔 하멜… 그라함 왕국의 후작이라고 했어."

"귀족이건 아니건 그런 건 상관없어. 우리는 오리진이야. 누구도 우리를 해할 수 없다고. 그런데, 목걸이를 빼앗겼다니? 난 이해가 안 돼."

"그 녀석은 보통 인간들과는 달랐어. 한 번도 겪어보지 못했던 압도적인 기운으로 날 짓눌렀어. 잠깐 흔들리는 순간, 놈이 내 목걸이를 빼앗아간 거야."

뮤테아의 눈썹이 사납게 치켜 올라갔다.

그녀가 하우랑의 멱을 틀어쥐었다.

"어떤 말로 변명해도 이건 용납되지 않는 일이야! 그 목걸이가 어떤 목걸이인지 알아? 아모르시아님께서 우리에게 내려준 물건이야! 우리가 지니고 있으면 힘이 배가 되지만, 남이 그것을 지니게 되면, 우리를 해할 수 있는 무서운 무기가 돼."

"나도 알아! 그걸 모르겠어? 그런데 이렇게 되어버렸다고! 어쩔 수가 없었어!"

하우랑이 뮤테아의 손을 걷어냈다.

뮤테아가 그대로 하우랑의 뺨을 때렸다.

짝!

"……!"

놀란 하우랑이 뮤테아를 노려보았다.

"난 너희들보다 먼저 깨어나서 이십 년 동안 마도국과 친분을 다져놨어. 우리의 계획엔 실수가 없어야 돼. 목걸이를 다시 되찾아와."

"네가 그렇게 말하지 않아도 그럴 거야."

하우랑이 성난 걸음으로 뮤테아의 방을 나갔다.

뮤테아가 한숨을 내쉬었다.

"무엇 하나라도 어긋나선 안 돼."

결의에 찬 그녀의 목소리가 객실을 울렸다.

*　　*　　*

자신의 방으로 돌아가던 하우랑이 붉게 달아오른 뺨을 어루만졌다.

"다짜고짜 손찌검이라니."

뮤테아의 손이 제법 매웠다.

그녀가 화를 내는 이유는 충분히 이해할 수 있었다.

뮤테아는 다른 오리진들보다 빨리 깨어났다. 그녀가 가진 목걸이는 다른 오리진들처럼 봉인된 신전을 깨우는 힘은 없었다. 다만, 조각난 네 개의 신물을 하나로 조합하는 힘을 가지고 있었다.

한데 그녀가 다른 오리진들보다 이십 년이나 일찍 깨어난 이유는 그녀에게 주어진 임무가 오리진을 도와줄 아군을 만들기 위해서였기 때문이다.

다행히도 뮤테아는 당시 마도국의 첫째 왕자인 루틴을 만나 마도국의 비호를 받게 되었다.

물론 루틴이 아무런 이유도 없이 뮤테아를 돌봐준 건 아니었다.

그녀가 얻으려 하는 신물의 힘으로 마계의 마왕을 강림시킬 수 있기 때문이다.

그전까지 마도국은 그녀에게 어떤 지원도 아끼지 않을 것을 약조했다.

이처럼 뮤테아와 마도국은 처음엔 단지 서로의 이득 때문에 손을 잡았던 것뿐이다.

하지만 이십 년이 흐르는 동안 뮤테아는 왕성의 모든 사람들과 깊은 친분을 다져놓았다.

뮤테아는 중석적인 여인이지만 충분히 매력적인 사람이었다.

누구라도 그녀와 조금만 알고 지내면 금방 마음을 열게 된다.

물론 오리진 특유의 기운이 상대방의 마음을 더욱 쉽게 열도록 도와주기도 했다.

아무튼 이십 년 동안 마도국은 그녀를 완벽하게 신뢰하게 되었다.

신뢰를 넘어서 든든한 지기가 된 것이다.

이처럼 좋은 뒷배를 만들어 낸 사람이 뮤테아다.

때문에 지금 누군가가 일을 그르치게 되면 그녀의 20년 노력을 물거품으로 만드는 것과 다름없는 꼴이다.

하우랑이 큰 잘못을 한 만큼 화를 그녀가 화내는 건 이해할 만했다.

그래도 그렇지 손찌검이라니.

조금은 성난 걸음으로 복도를 거닐던 하우랑의 앞을 누군가가 가로막았다.

그는 마도국의 왕자 아스크 니플헤임이었다.

"안녕, 하우랑. 우리 얼굴 보는 게 두 번짼가?"

하우랑을 비롯해 잠에서 깨어난 네 명의 오리진은 뮤테아가 몸을 의탁한 마도국에 반 년 전 찾아왔다. 그리고 두 달 간 마도국에서 지내며 새로운 세상에 적응기간을 가졌다.

이후, 봉인된 신전을 깨우기 위해 마도국을 나선 것이다.

아스크는 그 당시 하우랑을 한 번 보고, 이번이 두 번째였다.

"안녕하세요, 왕자님."

"얼굴이 왜 그래? 어디서 따귀라도 맞은 것 같네."

"……."

"진짜 맞았어?"

"무슨 일이시죠? 중요한 일이 아니라면 비켜주세요."

하우랑의 말에 아스크가 뒤로 물러나려다 행동을 멈췄다.

"후… 역시 무서워, 오리진. 조금만 방심하면 이렇게 사람 마음을 뒤흔들어 놓는다니까."

"죄송해요. 제가 지금 농담이나 할 기분이 아니에요."

"나도 농담 따먹기나 하자고 널 찾아온 게 아니야."

"그럼 무엇 때문에……."

"너희들이 찾는 신물 말이야. 그게 정말 마왕을 강림시킬 수 있어?"

"네, 그럴 수 있어요."

"그게 대체 어떤 신물이길래? 그럴 수 있다는 증거가 없잖아? 아버지도 단지 너희들의 말을 믿고서 이런 지원을 해주는 것뿐이고."

"그 신물은 차원을 찢을 수 있어요. 그러니까 마계와 지상계를 이어주는 차원을 찢어 문을 만들면, 마왕이 강림하는 건 쉬운 일이죠."

"그걸 직접 보기 전까진 믿을 수가 있어야 말이지."

"믿어도 돼요. 에덴의 일족들은 약속을 어기지 않으니까요."

"만약 거짓이라면 각오하는 게 좋을 거야."

"그러죠. 전 이만."

하우랑이 아스크를 지나쳐 갔다.

그러자 아스크의 뒤에 갑자기 시긴이 나타났다.

"아스크님. 오리진들을 괜히 충동질해서 좋을 게 없습니다."

"시긴. 마왕이 강림한다면… 그건 나한테 이득일까, 실일까."

"무슨 말씀을 하시는 것인지."

"루틴은 마도국의 번영을 위해서 마왕을 강림시키려는 게 아니야. 본인을 위해서지."

아스크는 어느 순간부터 루틴을 아버지라 부르지 않았다.

루틴은 그의 친아버지가 아니다.

길러준 아버지일 뿐이다.

그를 낳은 진짜 아버지는 아르디엔의 사람이 된 루틴의 동생 제피아 니플헤임이다.

그 사실을 알고 난 이후 아스크는 한동안 힘들어 하다가, 겨우 마음을 다잡았다.

그리고 루틴을 더 이상 아버지라 부르지 않았다.

아무튼 루틴이 자신을 위해 마왕을 강림시키려 한다는 건 시긴도 익히 짐작하는 바였다.

마왕은 반불사의 존재다.

게다가 사람으로서는 불가능한 미지의 힘을 발휘한다.

마왕의 비호 아래 있으면, 영원불멸도 꿈은 아니다.

예전 마왕이 지상계에 머물 때, 그는 자신이 가장 믿는 하수인들에게 자신처럼 반불사의 육신을 주었다고 한다.

현재 마도국 게르갈드의 국왕은 루틴이다.

마왕이 강림할 경우, 가장 먼저 마왕의 비호를 받게 될 사람은 루틴이 될 게 불 보듯 뻔하다.

그럼 루틴은 마왕의 힘을 얻어 영원토록 마도국을 지배할 수 있다.

뿐만 아니라 전쟁을 일으켜 대륙을 제패한다면 대륙의 패자로 영원히 살 수 있는 것이다.

"그렇게 되도록 놔둘 수 없어."

아스크가 독기 어린 음성으로 말했다.

"그렇게 되지 않도록 제가 목숨 바쳐 아스크님을 돕겠습니다."

시긴이 아스크에게 다시 한 번 충성을 맹세했다.

"하지만 나 혼자서는 루틴을 막을 수 없어."

부정할 수 없는 사실이었다.

루틴은 아스크 혼자 어찌할 수 없는 거성이다.

루틴을 무너뜨리려면 아스크와 뜻을 함께할 아군이 필요했다.

"제피아님께 손을 내미십시오."

"…그는 아렌에게……."

"살아계십니다."

"그걸 어떻게 알지?"

"아렌과 대적했던 날, 아스크님과 도망치며 제피아님께 위치추적 마법 체이스를 시전해 놓았습니다. 만약 그날 제피아님께서 죽음을 맞으셨다면, 저는 지금 제피아님의 위치를 추적할 수 없을 것입니다."

아스크가 시긴을 보며 씩 웃었다.

"역시 보통이 아니라니까."

"감사합니다. 한데… 제피아님께서는 지금 아렌의 저택에 머무르고 계십니다."

"뭐? 무엇 때문이지?"

"자세한 내막은 알 수 없습니다."

"…목숨을 구걸하는 대신 그의 사람이 된 건 아니겠지."

"제피아님은 그럴 분이 아닙니다. 목숨보다 대의를, 그리고 자존심을 더 중히 여기시는 분입니다."

"그런데 왜 아렌과 함께 하는 거지?"

"조만간 제가 찾아뵙고 오겠습니다."

"그러도록 해. 되도록 빨리 일을 진행해야 한다. 루틴이 마왕을 강림시키기 전까지."

"알겠습니다."

시긴의 모습이 다시 사라졌다.

아스크는 멈췄던 걸음을 놀려 자신의 방으로 향했다.

*　　*　　*

아르디엔은 기절한 로잔을 자신의 저택으로 데려왔다.

그리고 제피아를 찾았다.

제피아는 라미안의 매직 아카데미에 들른 참이었다.

요즘 그는 라미안과 많은 대화를 나눈다.

천성이 마법사인 그는 라미안과 가까이 지내면서 점점 백마법에 흥미가 생겼다.

해서, 자주 매직 아카데미에 들러 라미안과 마법에 대해 시간가는 줄 모르고 토론을 벌였다.

가끔씩은 아카데미의 학생들에게 흑마법에 대한 강의도 했다.

제피아는 흑마법사로써 유일하게 공적의 대상이 되지 않는 이였다.

나라에 혁혁한 공을 세운 하멜 후작가의 사람이라는 꼬리표가 이를 가능케 만들어주었다.

따라서 하멜 매직 아카데미의 학생들도 제피아를 경계하거나 색안경을 끼고 바라보지 않았다.

아무튼 이렇다 보니 제피아에게는 요즘 하루하루가 제법 의미있었다.

한데 털어낼 수 없는 마음의 근심 두 가지가 있었으니, 그중 하나는 아스크의 왕좌 문제였고, 또 다른 하나는 금제에 대한 것이었다.

제피아가 루틴과 왕좌를 놓고 전쟁을 벌였을 때, 그는 뮤테아의 신성력으로 6서클 이상의 마력을 발휘할 수 없는 금제에 걸려 버렸다.

이는 마음속에 무거운 돌덩이처럼 늘 우환이 되어 떠나질 않았다.

"날 찾았나."

제피아가 아르디엔의 방으로 들어서며 물었다.

방에는 마렉과 마리엘, 그리고 온몸이 쇠사슬로 포박된 낯선 사내가 소파에 둘러 앉아 있었다.

그는 오리진 로잔이었다.

제피아가 로잔에게 잠시 시선을 두었다가 소파에 착석했다.

"매직 아카데미에서 오는 길이야?"

"그렇네."

"요새 부쩍 그쪽에 발걸음이 잦던데. 혹시 라미안을……."

"되도 않는 소리 말게나."

아르디엔의 농담을 제피아가 잘랐다.

"무슨 일로 불렀지? 저자는 누군가. 대역죄인이라도 되는 것 같군."

로잔이 제피아를 쏘아보았다.

"그는 오리진이야."

아르디엔의 대답에 제피아의 눈이 휘둥그레졌다.

"오리진?!"

"그래. 네가 얘기했던 뮤테아의 동료 중 한 명이지."

"이 자를 어디서 잡아온 거지?"

"설명하자면 길고… 그대를 부른 건, 금제를 풀어주기 위해서야."

제피아의 마력은 오리진의 신성력으로 억압된 것이기에, 그것을 풀려면 똑같은 오리진의 신성력이 필요하다.

하지만.

"과연 저자가 순순히 내 금제를 풀어줄까?"

"그래야 할 거야."

아르디엔이 초월령, 비욘드 소울을 발산했다.

로잔은 갑자기 영혼을 옭죄어 오는 공포에 숨이 덜컥 막혔다.

하지만 신성력을 발휘해서 비욘드 소울을 밀어내려 했다.

그때, 아르디엔이 목걸이를 들고 로잔에게 다가갔다.

그러자 신성력의 힘이 약해졌고, 로잔의 영혼은 비욘드 소울에 완전히 제압당하게 되었다.

"크흐… 으으으……."

로잔이 억눌린 신음을 흘렸다.

아르디엔은 그런 로잔을 내려다보며 명했다.

"제피아의 금제를 풀어라."

"끄으… 시, 싫다."

로잔이 거부하자마자 비욘드 소울의 기운이 더욱 거세졌다.

"크허억!"

로잔의 얼굴이 창백해졌다.

경기를 일으키듯 부들부들 떨던 그가 소파에서 떨어져 바닥을 굴렀다.

"제피아의 금제를 풀어라."

"크허… 어어……."

로잔은 이제 대꾸할 정신도 없었다.

그의 머릿속엔 아르디엔의 명에 따르지 않으면 그대로 죽어버린다는 공포감만이 가득했다.

"마지막으로 말한다. 금제를 풀어라."

"끄흐으으……."

그것은 절대적인 명령이었다.

이미 로잔의 이성은 사라져 버렸다.

영혼이 억압당한 로잔은 숨을 껄떡이는 와중에도 맹목적으로 아르디엔의 말을 따르기 시작했다.

그의 몸에서 환한 빛이 일었다.

신성력이었다.

곧 신성력은 그의 몸에서 제피아에게로 옮겨갔다. 그리고 제피아의 육신 안으로 갈무리되었다.

"……!"

순간 제피아의 가슴 속에 여태껏 마력을 억누르고 있던 기운이 말끔히 사라졌다.

제피아는 당장 마나를 운용해 보았다.

8서클 급의 마나가 무리 없이 그의 의지대로 움직였다.

"금제가… 풀렸어."

제피아의 말을 듣고 나서야 아르디엔은 비욘드 소울을 거두어들였다.

로잔은 이미 게거품을 물고서 기절해 있었다.

제피아가 아르디엔의 앞에 털썩 무릎을 꿇었다.

"고맙네… 고맙네, 하멜 후작."

"안 어울리게 갑자기 무릎을 꿇고 그래? 일어나."

"아니, 내 진심이니 받아주게. 이 은혜를 어찌 갚아야 할지……."

금제가 풀린 것은 제피아에게 정말 큰일이었다.

아르디엔이 고개까지 조아린 그의 어깨를 툭툭 두들겼다.

"당연한 일을 했을 뿐이야. 너는 내 사람이니까."

"…진정으로 고맙네, 고마워."

급기야 제피아의 눈에 눈물이 맺혔다.

"나이 먹으면 느는 건 주름이랑 눈물이라더니. 마렉, 로잔을 데리고 와."

아르디엔이 농을 던지고서 자리를 피해주었다.

마렉은 로잔을 어깨에 이고 마리엘과 아르디엔을 따라나섰다.

제피아는 아무도 없는 아르디엔의 방에서 한참을 서럽게 목놓아 울었다.

* * *

한동안 기절해 있던 로잔이 눈을 떴다.

그는 하멜 후작가 지하에 만들어진 감옥에 갇혀 있었다.

로잔은 낮에 느꼈던 비욘드 소울의 아찔함에 몸을 바르르 떨었다.

태어나서 단 한 번도 느낀 적 없는 절대적 공포를 자신에게 안겨주었던 그 기운은… 다시는 떠올리기도 싫었다.

그건 그렇고 지금 그가 처한 상황 또한 문제였다.

신물의 조각을 찾아오기는커녕, 아르디엔에게 빼앗기고 납치까지 당해버렸으니, 계획에 큰 차질이 생기고 말았다.

저벅. 저벅.

누군가의 발소리가 들렸다.

발자국 소리는 점점 더 커지더니, 옥 앞에 아르디엔이 나타났다.

"잘 잤나."

"날 풀어줘."

"오리진 특유의 기운을 발산하는 군. 하지만 내겐 통하지 않는다."

"왜 우리의 일을 방해하려는 거지?"

"마왕이 강림해선 안 되니까."

"우리의 궁극적인 목표는 마왕의 부활 따위가 아니야."

"어찌 되었든 너희들이 신물의 힘을 얻는다면, 마도국은 그 힘을 이용해 마왕을 강림시킬 것이다."

"……."

부정할 수 없었다.

그것은 오리진과 마도국 사이에 오고간 약조다.

오리진은 약속을 어기지 않는다.

"날 왜 살려두는 거지?"

로잔이 물었다.

"글쎄, 왜일까."

아르디엔은 제대로 된 대답을 내놓지 않았지만, 이미 로잔은 그의 내심을 읽고 있었다.

"날 인질로 삼아, 나머지 신물의 조각도 얻어낼 모양인가 보지."

"잘 알고 있군."

"실수하는 거야."

"실수?"

"그 신물의 이름은 듀란달. 아무나 손에 넣을 수 있는 게 아니야."

"그건 두고 보면 알겠지."

로잔이 차가운 미소를 배어 물었다.

그 미소 속엔 여러 가지 감정이 복합적으로 들어 있었다.

"그래, 두고 보자고."

터벅. 터벅.

아르디엔은 감옥을 나왔다.

옥 안에 홀로 남은 로잔의 얼굴에 드리워진 미소가 더욱 짙어졌다.

Chapter 04
헤드 헌터의 역습

뮤테아는 오리진들을 자신의 방으로 호출했다.

그녀의 방엔 뮤테아 본인을 비롯해서 하우랑, 마샨, 도이라가 모였다.

마샨과 도이라는 또 다른 오리진이었다.

둘 다 유약해 보이는 사내로 오리진의 특징인 갈색 머리카락과 눈동자를 갖고 있었다.

그들은 신물 듀란달의 조각을 뮤테아에게 무사히 가져왔다.

지금 이 자리엔 로잔이 없었다.

아르디엔에게 잡혔기 때문이다.

"계획에 차질이 생겼어."

뮤테아의 말이었다.

"그렇지. 로잔이 돌아오지 않았지."

마샨이 맞장구를 쳤다.

마샨은 다른 오리진과는 달리 조금 산만한 느낌이 강했다.

그는 시종일관 가만히 있지를 못하고 다리를 흔들어댔다.

"그리고 하우랑은 목걸이를 빼앗겼지요."

도이라의 말이었다.

그는 마샨과 상반되게 상당히 침착하고 정갈한 기운을 풍겼다. 둘 다 기본적으로 유약해 보이는 건 맞지만 성향이 완전히 정반대였다.

"하우랑. 아르디엔이라는 자에 대해 얘기해 봐."

"아르디엔 하멜 후작. 마도국에서 듀란달로 마왕을 강림시키려 한다는 걸 알고 있었어. 그걸 막으려 들었고, 한 번도 느껴본 적 없는 기이한 힘으로 신성력을 파훼하려 했지. 해서 황급히 텔레포트 마법 스크롤을 찢어 마도국으로 도망치려는 순간, 내 목걸이를 빼앗았어."

하우랑이 말을 끝내자 뮤테아가 덧붙였다.

"그리고 로잔은 돌아오지 않았어. 이미 신전의 봉인을 풀기까지 충분한 시간이 흘렀어. 듀란달의 조각을 찾아냈다면,

텔레포트 스크롤을 사용해 벌써 복귀했을 거야."

거기까지 이야기를 듣고 마샨이 끼어들었다.

"즉, 아르디엔이라는 자가 하우랑의 목걸이를 이용해 먼저 신전을 찾았고, 듀란달의 조각을 가져갔다?"

도이라가 한마디 더 거들었다.

"아울러 로잔도 아르디엔에게 납치되었을 가능성이 높지요. 그가 하우랑의 목걸이를 가지고 있다면, 로잔의 신성력을 무력화시켰을 테니까요."

뮤테아가 고개를 끄덕였다.

"맞아. 그럴 가능성이 높아. 아마 그는 로잔의 목숨을 담보로 우리에게 나머지 듀란달의 조각을 내놓으라 하겠지."

한 치의 어긋남도 없는 추리였다.

지금 이 자리엔 아르디엔을 직접 만나본 이가 하우랑밖에 없었다.

한데 나머지 오리진들은 지금까지 벌어진 상황만을 정리해서 모든 사실을 유추해냈다.

실로 놀라운 추리력이었다.

"어떻게 할 생각이죠?"

도이라가 뮤테아에게 물었다.

"그의 놀음에 놀아나줘야겠지. 우선은 아르디엔이라는 자에 대한 정보가 필요해. 이건 내가 루틴에게 도움을 구하도록 할게. 다들 돌아가서 쉬고 있도록 해."

* * *

"어서 오게, 뮤테아. 한잔 나눌 텐가?"

자신의 방에서 술을 즐기고 있던 루틴은 갑자기 찾아온 뮤테아를 반갑게 맞이했다.

"나쁘지 않죠."

뮤테아는 흔쾌히 루틴의 맞은편에 앉았다.

시종이 바로 술잔 하나를 내어주었다.

마도국 내에서 루틴과 대작을 할 수 있는 사람은 많지 않다.

대작을 한다고 해도 그의 앞에서 편하게 술을 즐기기란 어려운 일이다.

그만큼 루틴이라는 자는 마도국에서 신성시 되는 인물이었다.

한데 뮤테아는 일말의 긴장도 없이 편안하게 술을 마셨다.

그 모습이 루틴은 마음에 들었다.

진정한 술벗이 하나 있다는 건 썩 기분 좋은 일이다.

"오늘은 날이 참 좋아. 바쁜 일이 없다면 여기서 이렇게 아니라 며칠 나들이라도 가는 건데 말이야."

"그렇네요. 성에만 틀어박혀 있기엔 억울할 정도로 날이 좋아요."

"요새는 어떤가? 신물을 찾으러 간 이들 중, 로잔이 아직 복귀 못했다고 들었는데, 무슨 문제라도 생긴 건가?"

뮤테아가 말을 꺼내기도 전에 루틴이 먼저 본론을 물어왔다.

역시 눈치가 제법인 사람이었다.

그러나 뮤테아는 그 얘기에 바로 대답하지 않고 술을 한 모금 마셨다.

이후, 적당한 정적을 즐긴 뒤 찾아온 목적을 던졌다.

"아르디엔 하멜 후작에 대해 아시나요?"

그 이름을 듣는 순간 루틴은 크게 웃어젖혔다.

"하하하하하하하!"

뮤테아는 그의 웃음이 잦아들 때까지 기다렸다.

한참 동안 웃던 루틴이 겨우 진정하고 대화를 이어나갔다.

"아, 미안하네. 설마 그대 입에서 하멜 후작의 이름이 나올 줄은 몰랐어."

"아시는 분인가 보네요."

"알지. 지독한 악연이지. 감히 마도국의 왕자를 해하려 했던 인간이기도 하고."

루틴은 아스크와 아르디엔 사이에 있었던 일을 시긴에게

들어 알고 있었다.

물론 시긴은 그 보고를 올리는 와중, 제피아에 관한 이야기는 쏙 빼놓았다.

루틴이 세상에서 가장 죽이고 싶어 하는 인간이 바로 제피아이기 때문이다.

왕좌를 향한 욕망은 피가 섞인 형제마저도 철천지원수로 만들어 놓았다.

"그런데 그자가 뭘 어쨌기에?"

"로잔을 납치했어요. 하우랑도 그자에게 당할 뻔 했구요. 다행히 신물의 조각을 가지고 돌아오긴 했지만, 목걸이를 빼앗겼죠."

"아, 그 신성력이 담긴 목걸이."

"맞아요. 그 목걸이를 빼앗기는 바람에 하멜 후작이 로잔을 무력화시키고 그를 제압할 수 있었을 거예요. 더불어 봉인된 신전을 깨워 듀란달의 조각 하나를 가져갔구요."

"추측인가?"

"네. 전부 추측이에요."

"한데 하멜 후작이 왜 그대들의 일을 방해한 거지?"

루틴은 그게 이해되지 않았다.

세상에 오리진이 살아 있다는 걸 아는 이들은 없다.

아르디엔이 오리진의 계획을 알고 그들을 막았다는 건, 오리진의 생존 여부는 물론이고, 그들이 무엇을 가지려 하는지도 알고 있었다는 것이다.

그래서 뮤테아에게 이런 질문을 던졌다.

뮤테아가 망설임 없이 대답했다.

"하멜 후작은 마도국에서 듀란달을 이용해, 마왕을 강림시키려 한다는 걸 알고 있었어요."

"…그랬군."

루틴의 입가에 사나운 미소가 걸렸다.

"하하하하하하하하! 그랬군! 그랬어!"

루틴이 또 한 번 광소했다.

그의 웃음에 넓은 방 안이 지진이라도 난 듯 크게 흔들렸다.

그러다 한순간 그가 입을 닫았다.

루틴의 몸에서 검은 마기가 일렁였다.

"제피아가 하멜 후작과 손을 잡았어."

"제피아가요?"

뮤테아는 제피아와 루틴이 전쟁을 일으켰을 때, 루틴의 편에 섰다. 그리고 제피아에게 마력의 금제를 걸었었다.

"그렇지 않고서야 하멜 후작이 우리가 신물을 이용해 마왕을 강림시키려 한다는 걸 알아챌 수 있을 리가 없지."

"그렇군요. 루티님이 마왕을 강림시키면 제피아에게도 좋은 일은 아닐 테니. 결국 마왕의 강림을 막아야 한다는 두 사람의 이해관계가 들어맞은 거네요."

"꼭 그렇지만은 않을지도 몰라. 우리가 모르는 복잡한 사정이 존재할 수도 있으니. 아무튼 중요한 건 둘이서 손을 잡고 날 막으려 한다는 거야. 하지만… 절대 날 막을 순 없어."

"물론이에요. 마왕은 강림할 거예요. 그리고 우리는 새로운 에덴을 차릴 거예요."

"마왕이 강림한다면 에덴은 마도국의 보호를 받으며 영원히 영속될 수 있을 거야."

"믿어요."

"아무튼 하멜 후작이 로잔을 납치했고, 듀란달의 조각을 가지고 있으니… 그와 접촉을 해야겠군."

뮤테아가 술로 입술을 축이고 대답했다.

"네. 하지만 결국 그는 듀란달을 손에 넣지 못할 거예요."

"그렇겠지. 그건… 그렇게 단순히 가질 수 있는 물건이 아니니까."

"하멜 후작은 로잔의 목숨과 나머지 듀란달의 조각을 바꾸자고 하겠죠."

"그렇다면 소원대로 해줘야지."

"하멜 후작가로 가야겠어요."

"호위를 붙여줄까?"

"아니오. 오리진들만 가도 충분해요. 텔레포트 스크롤만 챙겨주시겠어요?"

"어렵지 않지. 내일 떠날 텐가?"

뮤테아가 남은 술을 단숨에 비우고서 몸을 일으켰다.

"지금 당장."

"나쁘지 않군."

뮤테아는 루틴에게 다가와 그의 뺨을 어루만지다 입을 살짝 포갰다.

그녀의 숨에 묻어 나온 알코올 향이 루틴의 욕정을 자극했다.

그가 뮤테아의 엉덩이를 쓰다듬었다.

"마음은 굴뚝같지만 지금은 하멜 후작을 만나는 게 우선이겠지. 돌아와서는 더 진하게 마시자고."

"그럴게요."

뮤테아가 미소를 남기고 루틴의 방을 나갔다.

천천히 닫힌 문을 보며 루틴이 혼잣말을 내뱉었다.

"미안하지만 에덴이 다시 지도에 이름을 남길 일은 없을 거야, 뮤테아."

*　　*　　*

현 페르소나 뱅가드 서열 3위는 가브리엘이다.

원래 그는 서열 4위였으나 서열 3위였던 제피아가 페르소나 뱅가드를 등지게 되면서 한 계급 승진하게 되었다.

그는 요즘 그라함 왕국에 파견을 나가 있는 중이었다.

가브리엘이 맡은 임무는 그라함 왕국에 있던 세 개의 고아원이 누군가에게 괴멸되었는지를 알아내는 것이다.

처음에는 아무런 흔적도 없는 이 사건의 범인을 어떻게 찾아내야 할지 골이 아팠다.

그런데 페르소나 뱅가드의 기사들 중, 한 명이 과거의 기억을 읽어내는 능력을 서서히 각성하고 있었다.

그의 이름은 자보엘.

자보엘이 가지고 있던 뇌파의 능력은 불을 다루는 것이 고작이었다.

천 명이나 되는 페르소나 뱅가드의 기사 중 서열도 하위권이었다.

한데 얼마 전부터 손에 닿는 물건의 기억을 읽는 능력, 사이코메트리를 각성하기 시작하면서 점점 눈에 띄기 시작했다.

가브리엘은 자보엘을 데리고서 벌써 며칠째 라우덴이 들어서 있던 폐허에서 고가의 기억을 읽게끔 했다.

자보엘의 사이코메트리는 각성하기 시작한지 얼마 되지

않아서 그가 자유자재로 사용하기에는 무리가 따랐다.

더불어 오래전의 기억을 읽는 것도 여간 힘들어 했다.

한데 그러던 와중, 드디어 자보엘이 중요한 기억을 읽어냈다.

"아르디엔……."

"아르디엔?"

무너진 라우덴 건물의 파편을 만지던 자보엘이 중얼거리는 것을 가브리엘이 듣고서 물었다.

자보엘은 감고 있던 눈을 뜨고서 고개를 끄덕였다.

"네. 건물 안으로 침입해 들어온 사람은 한 명입니다. 그가 라우덴의 모든 이들과 전투를 벌였고, 라우덴의 학생과 선생은 그를 아르디엔이라고 불렀습니다."

"그래서, 라우덴의 모든 사람들을 아르디엔이라는 자가 혼자 죽였다는 것이냐."

"그렇습니다."

그 말은 적잖은 충격으로 다가왔다.

라우텐을 혼자서 괴멸시킬 정도라면 그건 보통이 훨씬 넘는 무력의 소유자라는 것이다.

"아르디엔이라… 조사해 봐야겠군."

"그리고 또 하나……."

"뭐지?"

"붉은 가면을 쓰고 있던 페르소나 뱅가드의 기사 한 명이 도망쳤습니다."

"죽지 않았다는 것이냐."

"적어도 라우덴 안에서는 죽지 않았을 겁니다. 이후에 어찌 되었는지는 저도 알 수 없습니다."

"라우덴에 있던 붉은 가면의 기사라면… 마리엘이군."

"아, 맞습니다. 마리엘이었습니다."

"알았다. 고생했어. 당장 아르디엔이라는 놈이 누군지부터 알아봐야겠군. 넌 이만 귀국해도 좋다, 자보엘."

"명을 따르겠습니다."

자보엘이 얼른 고개를 조아리고 빠르게 자리를 떴다.

폐허에 홀로 남은 가브리엘은 곰곰이 생각에 빠졌다.

이번일은 그 무게가 막중하다.

페르소나 뱅가드 내에서 이 문제로 얼마나 골머리를 썩고 있는지 잘 안다.

때문에 가브리엘이 이번 일을 잘만 해결한다면 그의 입지가 많이 높아질 것이 분명했다.

아르디엔이 어떤 놈인지 모르겠지만, 강하다는 건 충분히 알겠다.

혼자서 라우덴을 무너뜨린다는 건 쉬운 일이 아니다.

하지만 과연 그가 헤드 헌터인 자신보다 강할 것인가?

아니, 보통의 사람들이 아무리 강해 봤자다.

지금 헤드 헌터를 상대할 수 있는 인간은 전 대륙에 대륙 십존 정도밖에 되지 않는다.

아르디엔이 설마 그 정도의 경지까지 올라왔을 것이라 생각진 않았다.

혼자 상대해도 충분할 것이라 믿었다.

무엇보다 가브리엘은 이번 일의 공로를 다른 사람과 나눠 먹기 싫었다.

그러려면 지원 병력을 요구하지 말고, 혼자서 해결해야 한다.

병력 지원을 요청하는 순간, 냄새를 맡은 다른 헤드 헌터들이 너도 나도 발을 들이려 할 게 뻔하기 때문이다.

"이 좋은 기회를 나눠 먹을 순 없지."

가브리엘에게는 두 가지의 능력이 있다.

그와 접촉하는 모든 것에 독이 스며들게 하는 포이즌(Poison)과, 상처를 입어 피가 흐를 경우, 그 피를 상대방에게 뿌려 터뜨리는 블러드 범(Blood Bomb)이다.

포이즌의 경우 독이 순식간에 퍼져 심장을 마비시켜 버린다.

아울러 가브리엘의 육신과 닿아 독이 퍼진 최초의 지점은 눈 깜짝할 새 썩어 없어진다.

블러드 범은 작은 피 한 방울로 거대한 저택 하나는 너끈히 날려 버릴 수 있을 만큼 위력적이다.

괜히 그가 헤드 헌터 서열 3위인 게 아니다.

한데 그 두 가지 능력 말고도 최근에 각성한 능력 한 가지가 더 있었다.

아직 누구에게도 말하지 않았지만, 가브리엘은 그 능력을 더욱 완벽하게 각성하면 페르소나 뱅가드의 서열 2위를 탈환하는 것도 무리가 아니라 믿었다.

현재 페르소나 뱅가드의 일반 기사들은 한 가지의 능력을 사용하고, 헤드 헌터는 두 가지, 그리고 서열 1위 데스페라도 세라핌은 세 가지의 능력을 사용한다는 것이 정설이다.

한데 시간이 흐르면서 일반 기사들도 새로운 능력을 하나 더 각성하기 시작하는 이가 늘어났다.

가브리엘도 그 일반 기사들처럼 두 가지 능력에서 하나를 더 얻게 되었다.

물론 다른 헤드 헌터 중에서도 새로운 능력을 각성했는데 숨기고 있는 이가 있을 수 있다.

하지만 무작정 능력 하나를 더 얻었다고 전보다 훨씬 강해지는 건 아니다.

새로 얻은 능력이 기존의 능력들과 어떻게 연동될 수 있는지 그것이 가장 중요하다.

그런 의미에서 보자면 이번에 가브리엘이 각성한 능력은 그야말로 최고였다.

아무튼 가브리엘은 아르디엔의 목을 혼자서 가져가기로 마음먹었다.

“어떤 놈인지 기대되는 군.”

가브리엘이 폐허를 떠났다.

그리고 적막함만이 남은 자리에 가브리엘보다 먼저 그 곳을 떠났던 자보엘이 다시 나타났다.

그가 가브리엘이 서 있던 대지 위에 손을 얹고 눈을 감았다.

잠시 후, 눈을 뜬 그의 얼굴에 미소가 어렸다.

* * *

그라함 왕국의 북쪽 국경 관문 근처, 작은 도시 레홀.

그곳엔 페르소나 뱅가드의 기사 데니바엘이 여관에 묵고 있었다.

자보엘은 데니바엘을 찾아갔다.

둘 다 헤드 헌터가 아닌 일반 기사들이었다.

해서, 상하복종관계는 아니었다.

데니바엘이 혼자서 돌아온 자보엘을 보고 물었다.

"가브리엘님은?"

"혼자 움직이시려 하고 있어."

"그래?"

"미카엘님께 알려야 돼."

"알았어."

데니바엘이 자보엘에게 등을 내주고 눈을 감았다.

자보엘이 그런 데니바엘의 등에 손을 얹었다.

데니바엘의 능력은 텔레파시.

그의 등에 손을 얹으면 그가 알고 있는 사람 중, 어느 한 명과 텔레파시를 주고받을 수 있게 된다.

—미카엘님.

자보엘이 미카엘을 찾았다.

대답은 곧 들려왔다.

—자보엘이냐.

—그렇습니다.

—보고해라.

—미카엘님의 예상대로 가브리엘님은 혼자 움직이려 하고 계십니다.

—어리석군. 작은 걸 취하려다 큰 걸 놓치게 된다는 건 모르고… 우선 네가 폐허에서 봤던 것들을 내게 보고해라.

—알겠습니다.

이후, 자보엘은 가브리엘에게 보고했던 것과 토씨 하나 틀리지 않고 미카엘에게 보고했다.

사실, 자보엘은 이런 일이 발생할 걸 미리 예측한 미카엘이 심어둔 심복이었다.

가브리엘은 아무것도 모른 채, 자신이 혼자 공을 독차지할 것이라 믿고 있었다.

그러나 그는 미카엘의 손바닥 위에서 놀고 있었다.

오히려 제대로 된 상황보고를 하지 않았으니 만약 혼자서 일을 해결한다 하더라도 그에겐 공이 돌아가지 않을 것이다.

되레 문책이 따를 것이다.

미카엘이 괜히 페르소나 뱅가드의 2인자가 아니다.

그저 다른 사람보다 강력한 능력 하나만 가지고는 그 자리에 오를 수가 없었다.

미카엘은 실력만큼 사람 보는 눈도 정확했고, 머리가 비상했으며 권모술수에 능했다.

그런 그의 앞에서 잔머리를 굴린다는 건, 번데기 앞에서 주름잡는 꼴밖에 더 되지 않는다.

보고를 다 듣고 난 미카엘이 호기심 어린 음성으로 물었다.

―아르디엔이라… 그 이름을 알고 있다. 지금은 아르디엔 하멜 후작이지.

가브리엘이 모르는 것을 미카엘은 이미 알고 있었다.

더불어, 그라함 왕국에 심어 놓은 세작이 가져온 정보 중엔, 루시퍼, 즉 제피아가 아르디엔과 손을 잡았다는 내용까지 있었다.

—재미있게 되었군. 자보엘, 일이 진행되는 경과를 지켜보고 내게 보고해라.

—알겠습니다.

—어쩌면 세 마리 쥐새끼를 동시에 잡을 수 있을지도 모르겠어.

거기에서 미카엘의 텔레파시는 끊겼다.

한데 그는 '세 마리' 쥐새끼라 그랬다.

그중 하나는 아르디엔을 지칭하는 것이란 걸 자보엘은 알게 되었다.

하면 나머지 둘은?

자보엘로서는 알 수 없는 일이었다.

Chapter 05
케이아스 VS 가브리엘

가브리엘은 아르디엔에 대해 사흘 동안 수소문을 하고 다녔다.

그 결과 그가 그라함 왕국에서 제법 입지적인 인물이라는 것을 알 수 있었다.

지나가는 사람 아무나 잡고 물어봐도 아르디엔에 대한 이야기나, 무용담이 술술 흘러나올 정도였다.

사람들의 말만 종합해 보자면 아르디엔은 거의 신적인 존재였다.

하지만 그것이 과장된 이야기라는 건 누구나 알 수 있다.

사람들도 과장임을 알면서 불려 말하기를 좋아한다.

어찌 되었든 아르디엔을 단순히 만만하게만 볼 계제가 아니라는 걸 가브리엘은 느꼈다.

그와 일대일로 대적하다면 또 모르겠지만, 지금까지 듣게 된 이야기들을 종합해 보면, 아르디엔의 곁엔 어마어마한 실력자들이 함께라는 걸 알 수 있었다.

아르디엔을 잡으려면 우선 그와 단 둘이 맞붙을 수 있는 상황을 만들어야 했다.

아르디엔의 주변 인물 중, 그가 아끼면서도 육체적으로 큰 힘이 없는 사람을 납치하기로 마음먹었다.

"플라워 마스터 레나? 이 계집이 좋겠군."

가브리엘은 당장 레나가 머무는 파보츠로 향했다.

* * *

레나는 케이아스와 연애를 시작하고 난 다음부터 하루하루가 구름 위를 걷는 것 같았다.

연애가 이렇게 즐거운 일이라는 걸 알았다면 더 일찍부터 해봤을 텐데, 하는 아쉬움마저 들 정도였다.

그녀는 오늘도 케이아스를 보기 위해 연구실을 나섰다.

레나의 연구실은 하멜 후작가 저택과 조금 떨어진 곳에 따로 마련되어 있었다.

처음에는 하멜 후작가의 빈 공간에서 이런저런 연구들을 해왔지만, 점점 미라클 플라워의 수요가 늘어나고 그만큼 다방면, 다각도의 연구가 활발해지면서 넓은 공간이 필요하게 되었다.

무엇보다 그녀의 뒤를 잇겠다는 사람들이 몰려들어, 제자를 받아들이게 되어 따로 지낼 곳이 절실했다.

이에, 아르디엔은 레나에게 넓은 저택 하나를 사, 그 곳을 연구실로 사용하도록 만든 것이다.

"여러분~! 레나는 데이트 하고 오겠어요!"

레나가 잠도 제대로 못자고 미라클 플라워의 연구에 매진하는 수제자이면서 연구원인 사람들에게 소리쳤다.

"선생님은 지치지도 않으세요?"

자칭 수석 연구원이라 일컫는 바로가 물었다.

레나는 자신들과 똑같이 잠 못 자고 연구에만 매진하는데 도통 피곤한 모습을 본 적이 없었다.

"네! 안 피곤해요."

"어젯밤에도 한 숨을 못 주무셨잖아요. 데이트할 시간에 차라리 눈을 좀 붙이시는 게……."

"어젯밤에 못 잔 건 어제 일이잖아요? 오늘 잠 못 잔거 아닌데, 왜 피곤해요?"

"…네?"

뭔가 맞는 것 같으면서도 이해가 안 되는 이상한 논리였다.

"그러니까 전 데이트 하고 올게요~!"

레나가 쌩 하니 연구실을 나가버렸다.

하여튼 이해할 수 없는 여인이었다.

*　　*　　*

어디에나 악인은 있다.

그리고 이런 악인들은 돈으로 쉽게 움직이는 경우가 많다.

파보츠의 치안이 아무리 좋다고 한들, 오래전부터 형성되어 있는 지하 세계의 악인들을 뿌리 뽑을 순 없었다.

가브리엘은 제법 실력이 있는 어쌔신 한 명에게 돈을 주고 레나를 죽이라 명했다.

그의 이름은 자우스.

자우스는 대낮인데도 건물의 그림자 속에 자신의 모습을 완벽히 감추고 레나의 실험실 앞을 계속 지키고 있었다.

그러다 레나가 나오는 순간 독이 묻은 암기를 내던졌다.

암기는 작은 다트로, 레나가 맞는 것을 보고 몸을 뺀다면, 누구도 자우스의 짓임을 알아채지 못할 것이다.

쇄애애액!

다트는 레나의 목을 정확히 노리며 날아들었다.

한데.

챙!

갑자기 검을 들고 나타난 사내가 다트를 쳐냈다.

깜짝 놀란 레나가 고개를 돌리는 순간, 의문의 사내는 자우스가 숨어 있는 곳으로 달려가 검을 휘둘렀다.

서걱!

"……!"

자우스는 단말마의 비명도 지르지 못하고서 목이 잘려 그대로 죽음을 맞았다.

"여기 누가 치안대를 불러주시오! 어쌔신이 숨어 있었소!"

소란스럽게 소리친 사내는 다시 레나의 곁으로 다가와 물었다.

"어디 다친 곳은 없습니까?"

"아… 네."

"다행입니다."

"그런데… 누구세요?"

사내가 방긋 웃으며 자신을 소개했다.

"리엘이라고 합니다. 마침 근처를 지나다가 살기가 느껴지기에 저도 모르게 몸이 반응하고 말았습니다."

레나가 리엘의 설명을 듣고서 바닥에 떨어진 다트를 주우려 했다. 그에 리엘이 얼른 레나를 말렸다.

"만지면 안 됩니다. 맹독이 묻어 있어서 자칫 잘못하면 즉사할 수도 있어요."

"아, 정말요? 그럼 제가 이 다트에 맞아 죽을 뻔 했다는 건가요?"

"네. 혹시… 원한관계에 놓인 사람이라도 있습니까?"

"아니오. 아, 우리 연구원들을 몹시 혹사시키긴 하지만 딱히 원한을 지고 사는 사람은 없는걸요. 아무튼 정말 놀랐어요."

어느 정도 시간이 흐르고 나서야 상황을 이해한 레나가 가슴을 쓸어내렸다.

실험실 맞은편 건물의 어둠이 내린 곳에서 핏물이 조금씩 그림자 밖으로 흘러내리고 있었다.

레나는 차마 그 곳을 제대로 바라보지 못하고 시선을 돌렸다.

"대체 누가……."

처음으로 목숨의 위협이라는 것을 느끼게 된 레나가 살짝 몸을 떨었다.

그런 레나의 어깨를 리엘이 슬며시 감쌌다.

"일단은 여기를 떠나죠. 어디로 가시던 길이시죠?"

"저… 하멜 아카데미에 가던 길이었어요."

"혹시 모르니 그곳까지 모셔다 드리겠습니다."

"정말요? 감사해요. 오늘은 그냥 연구실에서 틀어박혀 있어야 하나 고민했는데."

"하멜 아카데미에 가면 안전하신가요?"

"네. 케이가 절 지켜줄 거예요."

"케이?"

"광속의 기사 모르세요? 제 애인이에요."

"그러시군요. 멋진 애인이 있어서 든든하겠네요."

"네, 정말 좋아요."

"아무튼 뒷일은 치안대에게 처리하도록 하고 저와 가실까요?"

"아… 근데 기다렸다가 치안대원들에게 상황도 보고 해주고, 경위도 알려주고 해야 하는 거 아닌가요?"

"저 같은 떠돌이들은 귀찮은 일에 휘말리는 걸 싫어하거든요. 나중에 레이디께서 해결해 주시죠?"

"네, 그래요!"

레나는 평소 그녀의 성격답게 별다른 고민 없이 리엘과 걸음을 옮겼다.

* * *

주변을 살피며 걸어가던 리엘이 골목 안쪽의 허름한 잡화상을 보고서 우뚝 멈춰 섰다.

"왜 그래요?"

레나가 물었다.

"저기 잡화상이 있네요."

"네. 파보츠에서 가장 오래된 곳이에요. 목이 안 좋긴 한데, 지인들이 많아서 먹고 살 만큼 돈은 벌린다고 한스가 그랬어요."

한스는 잡화상의 주인이다.

"잠깐 들렀다가도 될까요? 사야 할 것들이 좀 있는데."

"얼마든지요."

레나와 리엘이 골목으로 들어섰다.

골목의 주변으로는 지나다니는 사람이 아무도 없었다.

"실례 좀 할게요, 레나."

"네? 무슨… 아, 근데 제 이름은 어떻게 아세요? 알려드린 적 없……."

순간 리엘의 손날이 레나의 뒷목을 후렸다.

퍽!

"……!"

레나가 말을 하다 말고 정신을 잃은 채 쓰러졌다.

턱.

리엘이 허물어지는 리네를 받아 어깨에 둘러멨다.

"생각했던 것보다 순진한 아가씨군."

섬뜩한 미소를 머금은 리엘.

그는 다름 아닌 페르소나 뱅가드의 서열 3위 가브리엘이었다.

"슬슬 편지가 도착했겠지."

가브리엘은 날렵한 몸놀림으로 모습을 감췄다.

* * *

레나는 늘 아침마다 케이아스를 찾아왔다.

단 하루도 이를 거르는 날이 없었다.

그런데 오늘은 레나가 찾아오지를 않았다.

이에, 케이아스는 레나의 연구실로 향했다.

한데 연구실 앞 대로변이 좀 시끌벅적했다.

치안대원들이 모여서 무언가를 조사하고 있었다.

레나의 연구를 도와주는 연구원들도 대로변으로 나와 치안대원들과 말을 주고받았다.

케이아스가 다가가자 연구원들이 아는 체를 했다.

"아, 케이아스님."

"왜 이렇게 소란스러워? 레나는?"

"아… 그게 레나님이 연관된 일 때문에 그래요."

"레나가 연관된 일? 뭔데?"

"어떤 괴한이 레나님을 습격하려 했던 모양이에요. 독이 묻은 다트를 던졌는데, 마침 지나가던 낯선 사내가 레나님을 구해줬대요."

"…레나를 습격했던 놈은?"

케이아스의 표정이 딱딱하게 굳었다.

연구원들은 단 한 번도 케이아스의 그런 표정을 본 적이 없었다.

케이아스에게 말을 걸었던 연구원이 황급히 대답했다.

"레나를 구해줬던 사람의 일검에 목이 잘려 죽었대요. 저기에 시신이 있었구요. 치안대원들이 조금 전에 치웠어요. 어휴, 아직도 피비린내가 나네."

"레나는 어디 있어?"

"네? 아… 그러고 보니 케이아스님 보겠다고 나간 건데 아카데미에 안 갔어요?"

"안 왔어."

"사람들 말로는 레나를 구해준 그 사내랑 같이 움직였다고 하던데……."

순간 케이아스의 눈빛이 매서워졌다.

"그놈 인상착의가 어떻게 돼."

갑자기 돌변해 버린 케이아스의 날카로운 기도에 눌린 연구원이 말을 더듬었다.

"그, 글쎄요… 우리도 얘기만 들은 거라서……."

그때 갑자기 거리에 한줄기 돌풍이 일었다.

이어 압도적인 투기가 사위를 온통 짓눌렀다.

돌풍을 일으키며 나타난 자는 다름 아닌 아르디엔이었다.

"케이."

"아르디엔."

아르디엔이 품속에서 쪽지를 하나 꺼냈다.

그것을 케이아스에게 넘겨주었다.

케이아스가 쪽지에 적힌 글귀를 읽어 내려갔다.

레나를 데리고 있다. 혼자서 파보츠가 내려다보이는 언덕으로 와라.

케이아스의 눈에 살기가 일었다.

"이 쪽지, 누가 줬어?"

"레나를 납치한 녀석과는 상관없는 사람이었어."

아르디엔은 이미 쪽지를 주고 간 사람이 누구인지 수소문해서 그를 잡아 여러 가지를 물어본 터였다.

그는 단지 가브리엘에게 돈을 받고 쪽지를 건네기만 했다.

레나의 납치와는 무관했다.

"파보츠가 내려다보이는 언덕."

그곳이 어디인지는 파보츠에 사는 이들 모두가 안다.

파보츠 전체가 보이는 언덕은 한 곳밖에 없었다.

"내가 가겠어."

케이아스가 쪽지를 와락 구겼다.

아르디엔이 그를 만류했다.

"녀석은 레나를 인질로 잡고서 내가 오길 기다리고 있어. 네가 가면 레나의 안전을 장담할 수 없어."

"네가 도와줘. 녀석에게서 레나를 구해줘. 단, 싸움은 내가 하겠어. 일대일로."

케이아스가 분기탱천해서 말했다.

아마 아르디엔이 아무리 그를 말려도 듣지 않을 것이다.

아르디엔은 주저 없이 고개를 끄덕였다.

"그렇게 하지."

아르디엔이 손을 내밀었다.

케이아스가 그의 손을 잡았다.

다음 순간.

휘이이이잉—

매서운 돌풍을 남긴 채 두 사람의 모습이 감쪽같이 사라졌다.

*　　*　　*

"올 때가 됐는데."

가브리엘은 언덕에서 파보츠를 내려다보며 느긋하게 아르디엔을 기다렸다.

그의 옆에는 레나가 양손을 포박당한 채 주저앉아 있었다.

"왜 이러시는 거예요? 리엘은 좋은 사람이 아니었나요?"

"물론 좋은 사람이지. …가르테아 제국에겐 말이야."

"가르테아? 그라함 왕국 사람이 아니라구요?"

"이 보잘것없는 왕국이 과연 내 조국이 될 가치가 있을까? 천만에."

그라함 왕국은 소국이 아니다.

이그드라엘 대륙의 강대국 중 하나다.

한데 가브리엘은 그런 그라함 왕국을 완전히 무시하고 있었다.

레나의 미간이 확 구겨졌다.

"그라함 왕국은 보잘것없지 않아요."

"이곳은 곧 제국에게 짓밟힐 거야. 어차피 사라질 나라에 무슨 가치가 있을까?"

레나가 무슨 말을 더 하려 했다.

한데 그럴 수 없었다.

한줄기 돌풍이 이는가 싶더니 그녀의 몸이 허공에 붕 떠올랐다.

그리고 가브리엘과 그녀 사이의 거리가 확 멀어졌다.

"아……?"

레나가 주변을 둘러봤다.

그의 뒤엔 아르디엔과 케이아스가 서 있었다.

그리고 레나의 허리가 아르디엔의 팔에 감싸여 있었다.

그는 케이아스를 데리고 언덕에 도착하는 즉시 레나를 낚아챈 것이다.

"아르디엔! 케이!"

레나가 반가움과 놀라움에 소리쳤다.

놀란 건 레나뿐만이 아니었다.

'…보이지도 않았어.'

너무나 손쉽게 레나를 빼앗겨버린 가브리엘은 어처구니가 없었다.

그가 아르디엔을 바라봤다.

"하멜 후작? 생각했던 것보다 제법이군."

"누구냐, 넌."

"페르소나 뱅가드 서열 3위. 헤드 헌터 가브리엘."

페르소나 뱅가드는 아르디엔의 철천지원수다.

그 이름을 듣는 것만으로도 아르디엔의 기분이 더러워졌다.

하지만 아르디엔이 무슨 말을 하기도 전에 케이아스가 먼저 앞으로 나섰다.

"가브리엘!"

케이아스가 고함을 질렀다.

그 음성이 얼마나 우렁찬지 하늘과 땅이 쩌렁쩌렁 울려댔다.

아르디엔에게만 고정되어 있던 가브리엘의 시선이 케이아스에게 향했다.

"그러고 보니 동료를 데려왔었지. 왜? 혼자 오기는 겁이 났던가?"

"아니."

아르디엔이 단호하게 잘라 말했다.

"내가 그를 데려온 게 아니라, 따라온 것이다."

"따라와?"

"널 상대하는 건 내가 아닌 케이아스다."

"분명히 난 네게 혼자 오라 경고했다."

"그랬었지. 네게 인질이 있을 때까진, 그게 경고였겠지. 하지만 지금은?"

가브리엘이 묘한 미소를 머금었다.

"애초에 이럴 작정이었다면 다른 녀석들도 모두 끌고 왔어야 했다. 고작 둘이 와서는 그 와중에 일대일로 붙겠다고?"

이미 가브리엘이 계획했던 일은 틀어졌다.

그는 레나를 인질로 잡고 손쉽게 아르디엔을 없애려 했다.

한데 인질은 빼앗겼고, 아르디엔은 혼자 오지 않았다.

상대해야 하는 적이 둘이다.

그래도 가브리엘은 페르소나 뱅가드의 서열 3위인만큼 충분히 둘을 제압할 수 있을 거라 생각했다.

한데 그게 아니라 케이아스라는 녀석 혼자 덤비겠다고 한다.

가브리엘에게는 환영할 만한 일이었다.

케이아스가 쌍검을 꺼내 들었다.

가브리엘도 자신이 사용하는 롱소드 한 자루를 꺼냈다.

어차피 가브리엘은 몸 자체가 무기다.

굳이 명검 같은걸 사용할 필요가 없었다.

가브리엘이 검지를 까딱이며 케이아스를 도발했다.

케이아스가 질풍처럼 달려 나갔다.

쐐애액!

케이아스의 쌍검이 날카로운 파공성과 함께 가브리엘의 목과 어깨를 노리며 사선으로 그어졌다.

카캉!

가브리엘이 롱소드를 비스듬히 세워 쌍검을 막았다.

카가각!

쌍검은 롱소드의 검날을 타고 아래로 흘러내리며 불꽃을 튀겼다.

"힘과 스피드는 제법이군."

태연하게 말하는 가브리엘이었지만 내심 놀라는 중이었다.

설마 케이아스가 이 정도일 줄은 몰랐다.

귀족을 모시는 기사가 강해봐야 얼마나 강하겠느냐는 생각이었다.

냉정하게 평가하자면 육체적인 능력은 케이아스가 조금 우위였다. 하지만 가브리엘은 뇌파의 힘을 이용할 수 있다.

평범한 인간에게 당할 리가 없다.

"너, 죽는다."

케이아스의 입에서 차가운 음성이 흘러나왔다.

"자신이 불구덩이로 뛰어드는 나방인지도 모르고서 입만 살아 나불대는구나."

가브리엘이 뇌파의 세 가지 능력 중 포이즌을 발동했다.

그가 잡고 있던 칼날에 맹독이 스며들었다.

뇌파의 능력으로 만들어지는 맹독은 무색, 무취, 무향이다.

케이아스가 알 수는 없었다.

검이 피부에 스치기만 해도 그 부위가 당장 썩어버린다.

챙!

힘겨루기를 하던 세 자루의 검이 서로 반대 방향으로 튕겨 나갔다.

그것도 잠시.

케이아스의 폭풍 같은 공격이 휘몰아쳤다.

카카카카카카캉!

공격이 이어질수록 쌍검에 어린 오러의 기운이 점점 더 강해졌다.

가브리엘도 검에 오러를 실었다.

끼이잉! 끼잉!

오러가 맞부딪히며 귀 아픈 굉음을 터뜨렸다.

공방이 늘어날수록 점점 더 가브리엘이 밀리기 시작했다.

그러다 한순간.

촤악!

번개처럼 내리꽂히는 검 한 자루를 막지 못하고 가슴에 긴 상처를 입었다.

"큭!"

가브리엘이 신음을 흘리며 뒤로 물러났다.

그러면서 한 손으로 흐르는 피를 닦았다.

케이아스가 잠시 쉴 틈도 주지 않고 바로 가브리엘을 따라

잡았다.

그때, 가브리엘이 케이아스에게 피를 털어냈다.

순간.

퍼엉! 펑! 퍼퍼퍼퍼펑!

"……!"

케이아스의 코앞에서 핏방울들이 어마어마한 폭발을 일으켰다.

가브리엘의 두 번째 능력 블러드 범이었다.

케이아스가 빠르게 뒤로 물러났지만 블러드 범의 여파를 온전히 피할 순 없었다.

그의 몸이 군데군데 화상을 입었다.

옷가지가 터지고 찢겨 나갔다.

"케이!"

싸움을 보고 있던 레나가 소리쳤다.

"아르디엔님! 이것 좀 풀어주세요! 어서요!"

레나가 가브리엘에게 포박당한 팔을 풀어달라 소리쳤다.

하지만 아르디엔은 고개를 저었다.

"안 돼."

"왜요!"

"그걸 풀어주면 케이아스에게 달려가려 들겠지. 싸움이 끝날 때까지 얌전히 있어."

"하지만!"

"잘 들어, 레나. 앞으로 또 같은 일이 벌어지지 말란 법 없어. 그때마다 넌 이런 상황에서 케이아스에게 달려들 거야? 네가 그렇게 행동한다고 뭐가 도움이 될 것 같아? 오히려 방해만 될 뿐이야."

"……."

아르디엔의 직설적인 말에 레나는 충격을 받았다.

하지만 알아야 할 것은 알아야 했다. 현실은 현실로 받아들여야 했다.

"포박을 풀어주고 내 힘으로 널 제압해도 돼. 하지만 그렇게 하지 않은 건, 네가 스스로 이 상황을 이겨냈으면 했기 때문이야."

그 말에 레나는 입을 다물었다.

그리고 다시 맞붙는 케이아스와 가브리엘을 지켜보았다.

검과 검이 부딪히고, 다시 피가 튀어 폭발하는 과정이 반복되었다.

페르소나 뱅가드의 기사들은 뇌파를 사용한다.

케이아스는 뇌파의 힘에 대해 잘 모른다.

그게 무언지 안다고 해도, 뇌파가 발휘하는 능력은 각기 다르다.

때문에 페르소나 뱅가드의 기사가 무슨 능력을 발휘하는

지 모르는 이상 첫 전투에서는 누구나 고전하기 마련이다.

그들을 월등히 능가하는 실력을 지닌 이가 아니라면 말이다.

케이아스는 계속해서 블러드 범에 당하고 있었다.

레나는 이를 앙다물며 그 광경을 지켜보다가 다시 입을 열었다.

"…이거 풀어주세요."

아르디엔은 레나의 얼굴을 살폈다. 그리고 결연한 의지를 읽었다.

이번에는 두말없이 레나의 포박을 풀어주었다.

레나가 몸을 일으켜 꼿꼿이 섰다.

그녀의 두 무적이 꽉 쥐어졌다. 시선은 케이아스에게서 떠날 줄을 몰랐다.

하지만 절대로 다가가진 않았다.

레나는 레나만의 싸움을 시작했다.

퍼엉! 펑!

케이아스의 옷은 이제 넝마와 다름없어졌다.

하지만 그에 반해 화상을 입은 부위는 적었다.

점점 블러드 범의 대처에 능숙해지고 있는 것이다.

그럴수록 가브리엘은 다시 밀리기 시작했다.

하지만 가브리엘은 내심 미소를 짓고 있었다.

검으로는 케이아스에게 독으로 치명상을 입힐 수 없을 것이라 생각한 그가 작전을 변경했다.

블러드 범을 계속 이용한 건, 케이아스의 방심을 이끌어내기 위해서였다.

블러드 범으로 케이아스를 제압할 수 있을 거란 생각은 처음부터 하지 않았다.

케이아스가 쏜살같이 가브리엘의 품으로 파고 들어왔다.

쐐애애액!

그의 쌍검이 다시금 빛을 뿌리며 날아들었다.

끼잉! 낑! 끼이잉!

가브리엘은 겨우겨우 공격을 막아내며 뒤로 물러났다.

그러다 한순간.

서걱!

"크으윽!"

미처 공격을 모두 받아내지 못한 가브리엘의 왼쪽 손목이 잘려 나갔다.

잘린 부위에서 피가 분수처럼 솟구쳤고, 그것이 케이아스의 몸에 몇 방울 닿았다.

케이아스는 그런 건 아랑곳 않고 가브리엘의 목을 자르기 위해 검을 높이 들어 올렸다.

한데, 그 순간.

욱신!

"……?!"

가브리엘의 피가 튄 부위가 저릿하더니 이내 타들어가는 고통이 밀려왔다.

일순간 멈칫거린 케이아스의 검은 가브리엘의 목을 자르지 못한 채 허공을 갈랐다.

케이아스의 시선이 그의 가슴으로 향했다.

피가 튄 부위가 까맣게 썩어 들어가고 있었다.

가브리엘의 입가에 진한 미소가 맺혔다.

"크크큭. 걸려들었군."

"독……?"

케이아스가 고개를 갸웃거렸다.

"당장 치료하지 않으면 일 분 안에 전신이 썩어 죽게 될 거야."

가브리엘이 나직이 말했다.

한데 그 소리는 멀리 떨어져 있던 아르디엔의 귀에 정확히 들렸다.

레나는 아직 상황파악을 못하고 있었다.

"어떻게……."

케이아스는 상황을 인지하지 못했다.

무슨 수로 자신에게 독을 침투시킨 것인지 알 수가 없었다.

가브리엘은 자신의 몸에 닿는 것들엔 모두 독을 주입할 수가 있다.

그리고 자신의 육신 자체에도 독을 실어 상대를 공격할 수 있었다.

그는 스스로의 피에 독을 주입해서 케이아스에게 뿌린 것이다.

케이아스는 가슴에 튄 피 몇방울은 기껏해야 폭발을 일으키고 말 것이라 생각했다.

그 폭발의 여파가 너무 세서 어느 정도 상처를 입겠지만, 오러로 몸을 보호한다면 크게 다치진 않을 거라는 계산이었다.

상처를 입더라도 가브리엘의 목을 자를 셈이었다.

한데, 케이아스의 계산은 완전히 빗나갔다.

그의 가슴은 계속해서 검게 썩어 들어갔다.

이젠, 멀리 떨어져 있는 레나의 시선에도 그것이 확연하게 보였다.

"케이……?"

레나가 혼 나간 사람처럼 케이아스를 불렀다.

가브리엘의 미소가 더욱 짙어졌다.

"내 마지막 능력을 보여주마."

가브리엘의 말이 끝나는 순간, 잘렸던 그의 팔에서 새살이 돋아났다. 그것은 곧 도마뱀의 꼬리처럼 재생되어 온전한 손으로 변했다.

가슴의 상처도 빠르게 아물었다.

그 말도 안 되는 광경을 아르디엔과 레나, 케이아스 모두가 넋을 놓고 바라봤다.

이제 완전히 승기를 잡은 가브리엘이 득의양양해서 말했다.

"놀랐나? 이게 내 세 번째 능력 리커버리다. 하지만 넌… 평범한 인간일 뿐이지."

썩어 들어가는 케이아스의 피부가 쩍쩍 갈라지며 떨어져 나가고 그 안에서 피고름이 흘러내렸다.

아찔한 고통 속에서 케이아스의 정신이 점점 혼미해져갔다.

썩는 부위는 가슴을 넘어서서 양 어깨와 배까지 번지고 있었다.

"내가 이겼다."

그때 레나가 품에서 무언가를 꺼내 케이아스에게 던졌다.

"케이!"

케이아스는 반사적으로 고개를 돌렸다.

작은 주머니 하나가 날아오고 있었다.

가브리엘도 그것을 확인하고 몸을 날려 낚아채려 했다.
케이아스도 동시에 움직였다.
그러나 가브리엘이 조금 더 빨랐다.
그의 검이 빠르게 휘둘러지며 주머니를 갈랐다.
주머니가 찢어지며 안에서 작은 씨앗들이 튀어나왔다.
"그걸 먹어요!"
레나가 크게 외쳤다.
비산하는 씨앗들 중 하나가 케이아스에게 날아왔다.
케이아스는 필사적으로 그 씨앗을 씹어 삼켰다.
가브리엘은 바닥에 널브러진 씨앗들을 보며 고개를 갸웃거렸다.
"씨앗?"
가브리엘이 아리송한 시선으로 레나를 쳐다봤다가 케이아스를 바라봤다.
한데, 놀랍게도 케이아스의 썩어가던 몸이 치유되고 있었다.
까맣게 죽어버린 피부가 되살아나고 고름이 전부 빠져나왔다. 갈라진 살에서 피가 흘러내리더니 새 살이 돋아났다.
가브리엘이 그랬던 것처럼 케이아스도 순식간에 몸을 회복했다.
레나가 던진 것은 요즘 새로 개량한 미라클 플라워의 씨앗이었다.

전에는 미라클 플라워를 재배해서 물에 달여 먹어야만 그 효과를 볼 수 있었다.

하지만 개량된 미라클 플라워는 씨앗을 먹어도 약효가 즉시 퍼졌다.

애초에 오늘 케이아스에게 가려던 목적 중에 하나도 그 씨앗을 자랑하기 위해서였다.

물론 가장 중요한 목적은 케이아스가 보고 싶어서였다.

어찌 되었든 케이아스는 레나가 던진 미라클 플라워의 씨앗을 먹고 완전히 회복했다.

"고마워, 레나."

케이아스가 씩 웃었다.

그리고 쌍검을 고쳐 쥐었다.

"독을 사용하고, 피를 터뜨리고, 재생하고, 또 더 있어?"

케이아스의 물음에 가브리엘은 코웃음을 쳤다.

"그걸 알았다고 한들, 네게 승산이 있을 거라고 생각하나?"

"충분히. 말했잖아, 너… 죽인다고!"

섬뜩한 경고와 함께 케이아스의 신형이 쏘아져 나갔다.

그의 양손에 들린 쌍검이 전보다 매서운 기세로 짓쳐 들어왔다.

끼이이잉!

"……!"

케이아스의 검을 받아낸 가브리엘의 눈이 휘둥그레졌다.

조금 전과는 그 위력 자체가 완전히 달랐다.

게다가.

서걱!

"크!"

스피드 또한 빨라졌다.

가브리엘의 어깨가 화끈해지는가 싶더니 피가 살이 갈라지고 피가 튀었다.

'이왕 이렇게 된 거!'

가브리엘은 피를 손으로 닦아 케이아스에게 털었다.

이번엔 피에 독의 기운을 넣음과 동시에 터뜨렸다.

퍼퍼퍼퍼펑!

이 폭발에 휘말린다면 화상을 입는 것뿐만 아니라 중독까지 되어버린다.

한데, 폭발이 인 곳에 케이아스는 없었다.

놀란 가브리엘이 몸을 돌렸다.

조금 전까지 지척에 있던 케이아스는 한참 떨어진 곳에서 쌍검을 강하게 쥔 채 꼼짝도 않고 있었다.

"뭐하자는 거지!"

가브리엘이 케이아스에게 달려갔다.

그 순간 케이아스의 양발이 땅을 파고 틀어박혔다.

콰각!

검을 쥔 양손의 근육이 불뚝거렸다.

모든 오러는 쌍검에 실려 있었다.

가브리엘이 자신의 동맥을 잘라 케이아스에게 피를 날렸다.

그와 동시에 케이아스의 쌍검이 X(엑스)자로 교차하며 휘둘러졌다.

"체인!"

케이아스의 입에서 그가 얼마 전 완성한 두 번째 비기의 이름이 외쳐지며, 쌍검에 어린 오러가 앞으로 쏘아져 나갔다.

두 줄기의 거대한 오러는 순간 수갈래로 나뉘어지더니 사선으로 얽혀 촘촘한 그물이 되었다.

가브리엘은 황급히 블러드 봄을 시전, 피를 터뜨렸다.

퍼퍼퍼퍼펑!

하지만 그 거대한 폭발 속에서도 오러의 그물은 전혀 타격을 입지 않았다.

불구덩이를 뚫고 나온 오러의 그물이 그대로 가브리엘의 몸을 덮쳤다.

쉬익—!

가브리엘은 멍하니 그 자리에 서 있었다.

가브리엘을 지나친 오러의 그물이 한참을 더 날아갔다. 그리고는 언덕의 바윗덩이에 부딪혔다.

콰르르르릉!

바위와 함께 땅이 푹 꺼졌다.

지진이라도 난 듯 지축이 흔들렸다.

가브리엘이 비릿한 미소를 지었다.

"광속의 기사… 그 칭호가 부족하지 않군."

케이아스는 쌍검을 검집에 꽂아 넣었다.

순간 가브리엘의 몸이 수십 조각으로 갈라졌다.

촤아아아아악—!

사방으로 피를 뿌리며 고깃덩이가 된 육신이 허물어졌다.

페르소나 뱅가드의 서열 3위.

대륙 십존의 강자들과도 당당히 싸울 수 있을 거라 믿었던 실력자가 그렇게 죽음을 맞았다.

가브리엘은 최후의 순간, 끊어지는 의식 속에서 많은 생각이 들었다.

주마등 같은 것은 보이지 않았다.

다만 숱한 생각의 가지들 속에 하나가 유난히 도드라졌다.

'페르소나 뱅가드는… 아르디엔을 건드려서는 안 된다.'

세간에서는 케이아스보다 아르디엔을 더 높게 평가한다.

그렇다면 그 자는 대체 얼마나 강하단 것인가?

하나 이미 부질없는 일이었다.

그에게는 더 이상 생각을 타인에게 전할 입이 존재치 않았다.

"케이!"

모든 상황이 정리되고 나서야 레나가 케이아스에게 달려갔다.

"레나."

케이아스가 레나를 품에 꽉 끌어안았다.

"다행이야… 다행이에요, 케이."

레나가 울음을 터뜨렸다.

케이아스가 그런 레나의 머리를 쓰다듬었다.

"울지 마."

"걱정했단 말예요. 정말… 이대로 죽어버릴 것만 같아서… 흐으윽!"

케이아스의 가슴에 얼굴을 푹 묻고서 어린아이처럼 울어버리는 레나.

그런 레나의 눈물을 길고 흰 손이 닦아주었다.

그 손은 곧 레나의 턱을 부드럽게 어루만졌다.

레나의 고개가 살짝 위로 들렸다.

케이아스는 그녀를 내려다보며 세상 그 누구보다 포근한

미소를 짓고 있었다.

"레나."

"…네?"

레나가 울음을 그치고 대답했다.

"난 안 죽어."

"왜… 요?"

케이아스는 한참 동안 레나의 눈을 바라보았다.

그러다 꿈을 꾸듯 몽롱한 음성으로 말했다.

"네가 있잖아."

"…케이… 흐아아아앙!"

레나의 눈물이 다시 터졌다.

케이는 그녀를 다시 품에 끌어안고 등을 쓸어내렸다.

Chapter 06
회의

아르디엔 일행이 한바탕 전투를 벌이고 사라진 자리.

자보엘이 그곳에 모습을 드러냈다.

그는 페르소나 뱅가드 소속으로 미카엘의 심복이다.

그의 능력은 사물의 기억을 읽는 사이코메트리.

자보엘은 가브리엘과 헤어진 다음, 미카엘에게 현재까지의 상황을 보고했다.

이후 다시 가브리엘과 헤어진 장소로 향했다.

그리고 주변 지물의 기억을 읽어 그의 행방을 추적해 나갔다.

결국 마지막으로 도착한 곳이, 파보츠가 내려다보이는 언덕이었다.

그 곳에서 자보엘이 가장 먼저 확인한 건 조각나 있는 시체 한 구였다.

어찌나 처참하게 죽었는지 누구의 시신인지도 확인할 수가 없었다.

가브리엘은 아르디엔을 죽이겠다고 떠났다.

그럼 저 시신은 아르디엔인 것인가?

상황을 유추하던 자보엘은 자신의 능력으로 기억을 읽는 게 더 빠르겠다고 생각했다.

자보엘이 쪼그리고 앉아 바닥에 손을 댔다.

눈을 감고 사이코메트리를 발동했다.

순간, 지금까지 언덕에서 벌어진 모든 상황들이 삽시간에 자보엘의 머릿속으로 흘러 들어왔다.

눈을 뜬 자보엘은 식은땀을 흘렸다.

"케이아스… 무서운 사내다."

검술도 매섭고 육체적 능력은 일반인을 넘어서 초인의 경지에 이르렀다.

게다가 오러를 날려 그물처럼 엮어 상대를 조각내는 기술, 체인은 경악할 정도였다.

"한시라도 빨리 미카엘님께 알려야 돼."

자보엘은 폐허가 된 고아원들의 기억을 읽어, 아르디엔의 무위를 똑똑히 확인했다.

가브리엘은 직접 그 광경을 본 것이 아닌지라 아르디엔이 별것 아니라 믿었다.

하지만 자보엘은 그렇게 생각할 수가 없었다.

한데 하멜 후작가의 기사인 케이아스 또한 어마어마한 실력자였다.

더불어 케이아스는 아르디엔보다 한 수 아래라 평가받는다.

그렇다면 대체 아르디엔은 얼마나 강하다는 것인가.

자보엘의 마음이 다급해졌다.

제국이 그라함 왕국을 잡아먹으려면 우선적으로 아르디엔을 없애야 했다.

그것은 페르소나 뱅가드의 몫이다.

자보엘은 데니바엘이 묵고 있는 여관으로 걸음을 옮겼다.

*　　　*　　　*

아르디엔과 케이아스, 레나는 하멜 후작가의 저택으로 돌아왔다.

많이 놀라있던 레나는 따스한 홍차를 마시고 난 뒤에야 겨우 진정할 수 있었다.

케이아스와 레나가 후작가의 저택을 방문했다는 소식은 빠르게 퍼졌다.

두 사람은 요새 저택가에 통 모습을 보이지 않았다.

각자 맡은 일이 많아, 케이아스는 기사 아카데미에서, 레나는 연구실에서만 시간을 보냈다.

물론 그래봤자 어차피 파보츠의 시민들이었다.

한데 서로가 바쁘다 보니 동료들끼리 한데 모일 시간이 좀처럼 없었다.

이때가 기회다 싶었는지 아로아, 마리엘, 라미안, 디스토, 제피아, 알버트까지 아르디엔의 저택을 방문했다.

마침 크라임도 아르디엔에게 오리진들의 향방을 알아오라고 했던 명을 수행하고서 돌아온 터였다.

마렉은 오리진 로잔을 잡아온 뒤에 얼마 안 있다 이르베스로 가버렸다.

한 자리에 모인 사람들이 서로의 안부를 물었다.

잠시 소란스러운 인사가 오고간 뒤, 아르디엔이 입을 열었다.

"오늘 레나가 납치당했었어."

"레나가? 어쩌다가?"

아로아가 걱정스레 물었다.

"그 얘기를 하려면 우선 페르소나 뱅가드에 대해서 알아야 돼."

이 자리에서 페르소나 뱅가드에 대해 자세히 알고 있는 이는 아로아, 제피아, 마리엘, 크라임 정도였다. 라미안과 디스토, 알버트는 그에 대한 정보가 거의 없었다.

아르디엔은 페르소나 뱅가드에 대해 간략하게 설명해 주었다.

그들이 제국의 황실 소속 기사단이며, 뇌파라는 능력을 발휘한다는 것.

그리고 그라함 왕국을 잡아먹기 위해 얼마 전까지도 고아원으로 위장한 간첩 양성소 세 군데에서 세력을 길렀었다는 것.

그 양성소의 선생들이 페르소나 뱅가드의 기사들이었다는 것.

아르디엔 자신 역시 몇 년 전까지 그 안에서 길러지는 학생이었다는 것까지.

마지막 대목에선 제법 놀라는 이들이 많았다.

아울러 아르디엔은 마리엘과 제피아, 크라임도 과거엔 페르소나 뱅가드의 기사였다는 걸 털어놓았다.

모든 진실을 알게 된 이들은 조금 놀라는 눈치였지만 크게 동요하지 않았다.

이미 아르디엔과 함께하며 더 놀라운 일들을 많이 겪어온 그들이다.

어지간한 일엔 눈도 깜빡 안한다.

페르소나 뱅가드에 대한 설명이 끝난 뒤, 아르디엔은 가브리엘이라는 헤드 헌터가 레나를 납치해 자신을 없애려 했던 과정에 대해 이야기했다.

그리고 그 녀석이 케이아스의 손에 죽임을 당한 사실도.

이미 케이아스와 레나가 연인 사이라는 것은 모두가 알고 있었다.

"백 날 천 날 웃고 다니던 케이 군이 무섭게 달려들었다니, 역시 사랑의 힘이라는 건가요?"

알버트가 두 사람을 놀리듯 말했다.

하지만 그런 놀림도 먹히는 사람이 있고 먹히지 않는 사람이 있다.

케이아스와 레나는 후자였다.

"그런 거야? 좋네, 사랑의 힘. 그거 때문에 평소보다 더 강한 힘이 나왔던 것 같아."

레나가 눈을 동그랗게 떴다.

"정말요?"

"응. 앞으로도 종종 납치당해, 레나. 그럼 내가 계속 강해질 테니까."

"노력할게요!"

참 상식적이지 않은 대화들이었고, 이를 지켜보던 주변 사람들은.

"……."

"……."

"……."

하나 같이 어처구니없는 얼굴이 되어 말을 잃었다.

"진짜 정신 나간 것들이야. 애인이 강해지는 걸 위해 납치당하겠다니. 당장에라도 내가 납치해 줘?"

마리엘이 윽박질렀다.

그러자 옆에 있던 크라임이 마리엘의 얼굴을 자기 쪽으로 획 틀어 느닷없이 키스를 했다.

"으응……."

마리엘은 언제 화를 냈냐는 듯 크라임의 목에 팔을 두른 채, 몸을 배배 꼬았다.

제피아와 라미안이 얼른 시선을 피했다.

알버트는 두 사람에게 얼굴을 들이밀고서 헤에~ 웃으며 관찰했다.

디스토는 한심하다는 듯 한숨을 내쉬었다.

진한 키스가 끝나자 크라임이 마리엘의 뺨을 쓰다듬었다.

"열내지 마, 마리엘. 당신은 그럴 때가 가장 섹시해. 내가 참을 수 없어지잖아."

"그럼 참지 마요."

마리엘이 크라임에게 다시 입을 들이밀었다.

또 한차례 뜨거운 키스가 이어졌다.

그러다 점점 두 사람이 서로의 몸을 애무하기 시작했다.

수위가 높아지자 더 이상 못 참고서 디스토가 소리를 버럭 질렀다.

"둘 다 찢어 죽이기 전에 나가!"

마리엘이 씩 웃더니 고개를 끄덕였다.

"분명 네가 나가라 그랬어? 안 그래도 간만에 봐서 도저히 참을 수 없었는데, 고마워."

마리엘은 크라임과 함께 그 자리에서 사라졌다.

그녀의 능력인 공간이동을 이용한 것이다.

그런데 사라진 마리엘의 의자 위에 붉은색의 얇은 팬티 한 장이 놓여 있었다.

알버트가 얼른 그것을 집어 들었다.

"와아, 이건 언제 벗은 거야? 엄청 재주 좋네. 디스토 군이 아니었으면 여기서 거사 치를 뻔했군요."

알버트의 행태에 아로아가 놀라서 소리쳤다.

"알버트! 그거 얼른 내려놓지 못해요!"

"안 그래도 내려놓으려 그랬습니다. 물론 제 주머니 속에

다가요."

알버트가 마리엘의 팬티를 자기 주머니에 챙겼다.

아로아가 경악했다.

"꺄악! 그걸로 뭐하려구요!"

"뭐하긴요? 알려드려요? 정말 알고 싶으세요? 다 말해드릴까요?"

"아, 아니오! 아니오, 그냥 모를래요. 말하지 말아요."

알버트는 씩 웃으면서 자기 자리로 가 앉았다.

"뜻밖의 수확이네요."

한데 그때 옷이 거의 다 벗겨져 반나신이 된 마리엘이 다시 나타났다.

"마, 마리엘! 오, 옷이!"

"와아~! 마리엘 언니! 가슴 왕 섹시해요!"

"크흠! 험!"

"저런 미친!"

"……."

"휘익~! 브라보!"

차례대로 아로아, 레나, 제피아, 디스토, 라미안, 알버트의 반응이었다.

마리엘은 자기가 앉았던 의자를 살피다가 주변을 둘러보더니 물었다.

"내 팬티 어디 갔어?"

그러자 모든 사람들의 손가락이 알버트에게로 향했다.

마리엘이 무서운 미소를 머금고서 알버트를 노려봤다.

알버트는 눈이 하트가 되어 마리엘의 가슴을 노려봤다.

마리엘이 알버트에게 다가와 손을 내밀었다.

"아, 한 명으로 만족하기 힘든 타입인가요? 그렇다면 제가 기꺼이 은총을 베풀어 드리……!"

짜악!

마리엘의 손이 그대로 알버트의 뺨을 때렸다.

"끄엑."

콰당탕!

알버트가 의자 채 뒤로 넘어갔다.

마리엘은 알버트의 주머니를 뒤져 자신의 팬티를 찾아 다시 사라졌다.

"괜찮은가?"

제피아가 걱정이 돼서 물었다.

알버트는 쌍코피를 흘리고 있었다. 그런데 행복한 표정이었다.

그가 몸을 일으키며 말했다.

"누워 있는 남자에게 속옷도 입지 않은 치마 차림으로 다가오는 건 위험한 일이지요. 아니, 나한텐 고마운 일이에요.

오늘은 재수가 좋은 날이에요, 여러분."

정말 못 말리는 인간이었다.

영주 노릇 안하고 있었다면 그저 호색한에 술과 도박, 여자만 좋아하는 정신 나간 인간으로 악명을 떨쳤을 것이다.

하지만 저런 줄 뻔히 알면서도 결코 미워할 수 없는 매력이 그에게는 있었다.

그러니까 영주짓도 계속할 수 있는 것이다.

"알버트."

아로아가 알버트를 불렀다.

"네?"

"알버트는 얼른 좋은 여자를 만나야 돼요."

"좋은 여자는 많지요. 특히 세라 양이 요즘엔 눈에 더 들어온단 말이에요."

그때였다.

회의실의 문이 벌컥 열리며 알버트의 호위기사 올리버가 달려 들어왔다.

그리고 주먹으로 알버트의 정수리를 내려찍었다.

쾅!

"어어억! 날 때렸겠다아아아! 아파! 아프다구요, 올리버 경!"

"맞기 싫으면 남의 아내를 욕보이는 언행 따위 하지 말란 말입니다!"

세라는 올리버의 아내였다.

"그렇다고 영주를 때리다니! 당신, 해고시킬 겁니다!"

"해보십시오! 저도 영주님을 해고시켜 버릴 테니!"

"뭐라구요!"

"뭐가 말입니까!"

두 사람의 눈에서 불똥이 튀었다.

그에 지금껏 잠자코 상황을 지켜보던 아르디엔이 비욘드 소울을 일으켰다.

서로 잡아먹을 듯 으르렁거리던 알버트와 올리버는 비욘드 소울에 노출되자 헛숨을 들이켰다.

"헙!"

"큽!"

아르디엔이 무겁게 입을 열었다.

"지금부터 회의의 진행에 방해가 되는 자는 당장 내쫓겠습니다."

"아, 알겠어요, 하멜 후작."

"죄, 죄송합니다, 후작님."

아르디엔이 비욘드 소울을 거두어들이자 올리버는 밖으로 나갔다.

알버트는 테이블에 축 늘어져 가픈 숨을 몰아쉬었다.

"흐엑. 헤엑. 죽는 줄 알았네."

겨우 분위기가 진정되었고, 아르디엔은 한참 동안 못했던 말을 이어나갔다.

"어찌되었든 상황은 이렇게 되었어. 가브리엘을 죽였으니 나는 물론 내 주변 사람들은 페르소나 뱅가드의 척결대상이나 다름없겠지. 물론 그들이 당장 마수를 뻗진 않겠지만 언제고 위험할 수 있다는 걸 인지해야 돼."

"거기에 대해선 제가 한 가지 방편을 마련할게요."

라미안의 얘기였다.

모두의 시선이 그녀에게 집중되었다.

라미안은 차분하게 이야기를 풀었다.

"반지 형태의 아티팩트를 만들어 여러분 모두에게 나누어 드리겠어요."

"아티팩트? 그게 뭐예요~?"

레나의 물음이었다.

"아티팩트라는 건 마법의 힘이 깃든 물건을 말해요."

"와~ 정말요? 그럼 레나는 가슴이 더 커지는 마법 걸어주세요. 라미안 언니랑 아로아 언니가 정말정말 부러워요."

"레, 레나 양… 그건, 좀."

라미안이 당황스러워했다.

"호오~! 과연."

그새 고통에서 회복된 알버트가 라미안과 아로아의 가슴을 노골적으로 바라보며 눈을 번뜩였다.

아르디엔이 노기를 참지 못해 비욘드 소울을 쏘아보냈다.

"크헉!"

알버트가 테이블에 널브러졌다.

아로아의 가슴을 함부로 훔쳐본 것, 아르디엔은 그게 화가 났다.

이번에는 알버트를 반쯤 죽여놓은 뒤에야 비욘드 소울을 거두어들였다.

알버트는 게거품을 물고서 기절했다.

"이야기를 계속하지."

아르디엔이 라미안에게 말했다.

"아, 네. 저는 반지에다가 알람 마법을 인챈트할 거예요. 여기 계신 모든 분들은 하루 24시간 항상 반지를 착용하고 계셔야 돼요. 물론 오늘 자리에 참여 못한 다른 분들의 반지도 만들 거예요. 알람 마법이 인챈트된 반지들은 서로 공명하는 형태로 제작돼요. 그러니까 한 명이 위기에 처해 반지의 알람 마법을 작동시키면, 다른 사람들의 반지가 진동을 일으키는 방식이죠."

잠자코 있던 디스토가 갑자기 끼어들었다.

"알람 마법을 작동시키는 방법은?"

"간단해요. 손으로 반지를 빠르게 세 번 톡톡톡 때려주시는 거예요."

"그렇군."

"급할 때 가장 빨리 취할 수 있는 행동이기도 하니까요. 그렇게 하면 다른 사람들의 반지가 공명해서 진동을 일으킬 거예요."

"하지만 그것만으로는 부족할 것 같아."

이번에도 입을 연건 디스토였다.

"무엇이 부족한지 알려주시겠어요?"

"단지 공명만 하는 걸로는 누군가 위기에 처했다, 정도밖에 모르잖아. 정확히 누가 어디에서 위기에 처했는지를 알아야 구하러 갈 수 있을 거 아니야."

라미안이 고개를 끄덕였다.

"네, 그게 중요하죠. 마침 설명을 드리려던 참이었어요. 그래서 반지에는 한 가지 마법이 더 인챈트돼요. 추적 마법 체이스예요."

"알람과 동시에 추척 마법이 발동된다?"

"네. 누군가 위기에 처해 반지로 위기를 알리면 다른 사람들의 반지는 신호를 보낸 반지의 주인이 어디에 있는지 그 위치를 체이스 마법으로 알려줘요. 체이스 마법은 발동되는 순간 반지를 착용한 사람들의 머릿속에 신호를 보낸 이의 주변

광경을 보여주죠."
"그 정도면 문제없겠어."
"그렇죠?"
라미안이 방긋 웃었다.
그 미소에 디스토가 슬쩍 시선을 피했다.
아무도 눈치채지 못했지만, 그의 귀는 조금 붉어져 있었다.
아르디엔이 다시 회의를 주도했다.
"하지만 라미안, 그건 임시방편이겠지?"
"거기까지 눈치채고 계셨나요?"
"물론."
다른 사람들은 무슨 얘기냐는 듯 아르디엔과 라미안을 바라보았다.
아로아만이 돌아가는 상황을 이해하고서 고개를 주억거렸다.
"맞아요. 사실 알람마법이나 체이스 마법을 인챈트하는 것보다 텔레포트 마법을 인챈트하는 게 더 낫겠죠. 위급상황일 때 반지를 세 번 두들기면, 반지를 낀 사람들 중 자신이 원하는 사람의 옆으로 이동할 수 있도록 말이에요."
"그럼 왜 처음부터 그 아티팩트를 만들지 않는 거야?"
케이아스의 물음이었다.
"시간이 많이 걸려요. 알람이나 체이스 마법은 서클이 비교적 낮아서 일주일만 시간을 투자하면 마법 반지를 스무 개도 넘게 만들 수 있어요. 하지만 텔레포트 마법이 인챈트된 반지는 하나를 만드는 데만 이십 일이 걸리죠."

"그래서 임시방편이라고 한 거였군."

디스토가 혼잣말을 중얼거렸다.

아르디엔이 다시 입을 열었다.

"위기 대처는 일단 이 정도 선에서 정리하기로 하지. 개인적으로도 신경을 많이 썼으면 해. 더불어 이제부터는 우리의 적이 누구인지 확실해 인지해두어야 할 필요가 있어. 그라함 왕국 내의 적은 대부분 정리되었다고 봐도 좋아. 앞으로는 게르갈드와 가르테아 제국이 우리의 적이 될 거야."

마도국 게르갈드와 가르테아 제국은 거대한 국가다.

그런데 아르디엔은 그 두 국가가 하멜 후작가의 적이라고 공표했다.

좌중에 무거운 침묵이 내려앉았다.

깨어지지 않을 듯 길게 이어진 침묵을 깨뜨린 건, 아로아였다.

"상대해야 하는 적들이 많은 줄 알았는데 둘뿐이라 다행이네."

그녀의 능청에 여기저기서 피식거리는 웃음이 들려왔다.

아르디엔도 미소를 지었다.

하지만 농담은 농담일 뿐, 현실에 대한 이야기는 제대로 풀어야 했다.

"진심입니까?"

간단하게 질문을 던진 건 디스토였다.

"진심이다."

"하멜 후작가의 힘이 두 국가를 상대할 수 있을 거라 생각하나요? 그건 국가적인 일입니다. 그라함 왕국이 걱정해야 할 일입니다."

"이미 페르소나 뱅가드는 하멜 후작가를 노리고 있어. 가르테아 제국의 가장 큰 힘은 바로 그 페르소나 뱅가드다."

"그러니까 국가와 힘을 합쳐서 움직여야 한다는 말입니다."

"그라함 왕국의 가장 큰 힘은 하멜 후작가다. 장담할 수 있다. 사실대로 말하자면 난 그라함 왕국에게 큰 힘이 있다고 생각지 않아. 오래도록 이어져 온 반란귀족들의 횡포로 왕실의 힘이 많이 약해진 것은 물론이거니와 두아즈 후작에게 내쳐지고 죽임을 당한 충신들이 한둘인가? 한때는 든든했던 그들의 힘이 와해된 지금에 와선 반란귀족을 모두 숙청했다고 해도 예전의 국력을 되찾기엔 무리가 있다. 결국 가르테아 제국과의 전쟁은 페르소나 뱅가드와 하멜 후작가, 그리고 빛의 탑을 지키는 마법사 군단과 몇몇 무장의 힘이 좌지우지하게 될 거야."

반박할 수 없는 말이었다.

아르디엔의 얘기엔 일말의 거짓도 없었다.

그건 모두가 아는 사실이었다.

"마도국과의 전쟁도 마찬가지야. 왕실마법사들은 하멜 후작가의 마법사들보다 약하다. 왕실기사도 그렇지. 일반 사병들은? 말할 것도 없어. 전쟁이 일어나면 우리가 움직여서 상대국을 짓밟아야 한다."

처음엔 아르디엔이 광오한 소리를 하고 있다 생각했었다.

그런데 이야기를 듣다 보니 그게 현실이었다.

아르디엔은 철저하게 현실적인 이야기만을 하고 있었다.

이그드라엘 대륙의 강대국 중 하나인 그라함 왕국이 어쩌다 이 지경이 되었는지 회의감마저 들 정도였다.

"엉망이군요."

디스토가 콧잔등을 찡그렸다.

"그뿐만이 아니야. 아직 드러나지 않은 적 하나가 더 있었다."

"오리진을 말하는 것인가?"

제피아가 물었고 아르디엔은 고개를 끄덕였다.

하지만 다른 이들 대부분은 무슨 말인지 모르겠다는 표정이었다.

"다들 오리진에 대해서 알고 있어?"

아르디엔이 묻자 마리안과 어느새 정신을 차린 알버트만 고개를 끄덕였다.

"오리진은……."

"거기에 대해선 내가 설명하지."

제피아가 아르디엔 대신 오리진에 대해 사람들에게 썰을 풀었다.

"…해서, 사백 년이 지난 지금 다시 깨어난 에덴의 순수혈통. 그들을 오리진이라 부르네. 앞서 말했듯이 그들은 지금 마도국의 비호 아래 듀란달이라는 신물의 조각을 찾아 그 힘을 되찾으려 하고 있지. 하지만 다행스럽게도 그 신물의 조각 중 하나는 하멜 후작에게 있네. 더불어 오리진 중 한 명이 이 저택의 지하에 감금되어 있지."

"정말? 나 보러 갈래!"

케이아스가 호기심에 벌떡 일어났다.

"나도 보고 싶은데요?"

알버트 역시 구미가 당기는 모양이었다.

하나 아르디엔은 이를 허락지 않았다.

"오리진은 그들 특유의 기운으로 사람의 마음을 농락해. 괜히 갔다가 녀석을 감옥에서 풀어주게 될지도 몰라."

"아, 궁금하다."

"궁금하네요."

케이아스와 알버트가 풀이 죽어 다시 자리에 앉았다.

그러자 라미안이 제피아의 얘기를 정리했다.

"어찌 되었든 오리진들은 듀란달의 힘으로 그들의 왕국을 다시 세우려 하는 것이 목적이고, 마도국은 마왕을 강림시키려는 게 목적이란 얘기네요."

"맞아."

"오리진들이 뭘 하려는 것인지는 큰 문제가 안 되겠지만 마도국이 문제예요. 마왕이 강림해 버린다면… 걷잡을 수 없는 일이 벌어지고 말아요."

제피아가 마리안의 얘기에 동의했다.

"그래. 그래서 신물을 빼앗기면 안 된다는 거지. 다행히 하멜 후작이 오리진 한 놈을 붙잡고 있으니 동료들이 구하러 올 거야. 그럼 녀석을 넘겨주는 조건으로 나머지 신물의 조각들을 받는 거지."

"그렇게 순순히 교환하려 할까요?"

디스토가 고개를 저었다.

그가 보기엔 차라리 동료를 포기할지언정 신물을 넘기진 않을 것 같았다.

"가능성은 있어. 에덴의 일족은 이제 몇 남지 않았지. 그러니까 동료의 목숨을 중히 여길게야."

"……."

디스토는 입을 다물었다.

제피아가 너무 확고하게 밀고 나가니 더 말을 섞기가 싫었다.

더불어 다들 제피아와 아르디엔의 말을 신뢰하는 것 같았다.

이런 상황에서 설전을 벌여봐야 자기만 바보가 된다.

'마음에 안 들어.'

어느 집단이 성장하기 위해선 리더에 대한 믿음도 필요하지만, 비판도 필요하다.

한데 하멜 후작가엔 그 비판이라는 것이 없다.

다들 아르디엔을 신 떠받들 듯이 하고 있다.

그의 능력이 뛰어난 건 디스토도 인정을 한다.

그러나 이래서는 훗날 하멜 후작가는 발전하지 못하고 도태될지도 모른다.

"회의 끝났으면 저 먼저 일어나죠."

디스토는 누가 뭐라고 할 새도 없이 회의실을 나가 버렸다.

"뭐 기분 나쁜 일 있었나?"

아로아가 아랫입술을 비죽 내밀었다.

아르디엔은 어깨를 으쓱하고선 회의를 마무리 지었다.

"오늘 회의는 여기서 끝내겠습니다. 자리에 참석하지 못한 사람들에겐 알아서 내용을 전달해 주도록 하세요."

이 자리에서 오고간 내용은 마렉, 마리엘, 크라임, 테사르, 베나엘에게 전해질 것이다.

사람들이 모두 자리를 털고 일어나려 하는데, 알버트가 손을 번쩍 들었다.

"오늘 이렇게 모인 것도 기념인데, 레인보우 펍에서 한잔씩들 어때요?"

그 말에 아로아가 박수를 쳤다.

"어머나! 그것 참 좋은 생각이네요, 영주님?"

"서비스는?"

알버트가 은근히 기대하며 물었다.

"어머~ 당연히 없죠!"

아로아도 활짝 웃으며 받아쳤다.

"아하하하! 제가 멍청한 질문을~!"

"다들 오실 거죠?"

"레나는 오늘 많이 마실래요, 언니!"

레나가 아로아의 가슴에 얼굴을 팍 묻었다.

"얼마든지~! 원래 놀란 가슴은 술로 다스리는 법이니까요! 케이도 여자 친구랑 같이 한잔해야지?"

"좋아. 알버트랑 즐긴지도 오래 됐으니까."

그 말에 알버트가 엄지를 추켜세웠다.

"아르디엔은?"

기대 가득한 아로아의 시선에 아르디엔이 고개를 끄덕였다.

그런데 제피아는 혼잡한 틈을 타 몰래 회의실을 나가려 하고 있었다.

아로아가 매의 눈으로 그 움직임을 포착했다.

"제피아님!"

제피아는 마지못해 돌아서며 어설픈 웃음을 흘렸다.

"아… 저기, 난 몸이 조금 안 좋아서."

"매일 그런 식으로 술자리 피하셨잖아요. 제피아님이 우리 펍에 가장 발길 뜸한 거 아세요?"

"하지만……."

그때 아르디엔이 아로아를 거들었다.

"제피아. 오늘은 참석하지. 명령이네."

"…그러지."

아르디엔은 제피아가 주군으로 인정한 사내다.

그런 그가 하는 명은 절대적으로 받들어야 한다.

어깨를 축 늘어뜨리고서 한숨을 쉬는 제피아의 모습에 그 자리에 있던 모두가 웃음을 터뜨렸다.

* * *

술자리에 가기 전, 아르디엔은 크라임의 향신료점에 들렀다.

마리엘과 뜨거운 시간을 보내고 침대에 누워 있던 크라임은 인기척을 느끼자마자 얼른 일어나서 아르디엔을 맞이했다.

"마리엘은?"

아르디엔이 물었다.

"잠들었습니다."

"오늘 레인보우 펍 본점에서 파티를 열거야."

"금방 준비하고 나가겠습니다. 아울러 바로 보고드리지 못해 죄송합니다."

"괜찮아. 자네가 마리엘을 먼저 보듬어주지 않았다면 족히 한 달은 마리엘이 날 원망했을 거야."

"죄송합니다. 그리고 또 한 번 죄송하다는 말씀을 드려야 할 것 같습니다. 전 오리진의 행방에 대해 아무것도 알아내지 못했습니다."

"상관없어. 내가 알아냈으니. 애초부터 네가 확실한 정보를 가져올 것이란 기대는 크게 하지 않았어. 가만히 있을 수가 없으니 지푸라기라도 잡아보자는 심정이었지."

"이해합니다."

"그럼 준비하고 천천히 나오도록 해."

"알겠습니다."

아르디엔이 향신료점을 떠나자 크라임은 마리엘을 깨웠다.

"마리엘. 레인보우 펍으로 가야겠어."

"으응? 펍?"

"응. 오늘 하멜 후작가의 사람들이 파티를 연……."

마리엘이 두 팔로 크라임의 목을 휘감아 당겼다.

그리고 자신의 가슴에 그의 얼굴을 파묻어 꼭 끌어안았다.

그녀의 살냄새가 기분 좋게 크라임의 콧속으로 스며들었다.

"조금만 더 있다 가면 안 돼?"

잠시 갈등하던 크라임이 그녀를 살포시 끌어안았다.

"그래도 돼."

곧 두 남녀는 다시 불타올랐다.

Chapter 07
듀란달

가브리엘이 죽고 나서 열흘이라는 시간이 흘렀다.

미카엘은 조금 전, 데니바엘의 텔레파시 능력으로 자보엘에게 이 소식을 전해 들었다.

그러나 비통해야 정상일 미카엘의 얼굴엔 미소가 번졌다.

그는 텔레파시가 종료된 뒤, 음침한 웃음을 흘렸다.

"후후. 후후후후후. 그래… 가브리엘이 죽었군. 아주 잘됐어. 더러운 쥐새끼 같으니라고. 감히 하늘 높은 줄 모르고 기어오르려 들더니. 차마 내 손으로 어찌할 수 없었는데, 아르디엔이 내 수고를 덜어주었군."

미카엘은 이미 가브리엘의 야심을 알고 있었던 것이다.

해서, 그가 죽었다는 소식이 기쁘게 다가왔다.

"후련하군."

동료의식.

페르소나 뱅가드엔 그런 게 없었다.

그들은 어렸을 때부터 철저한 경쟁자로서 자라왔다.

그렇게 교육받으며 자라왔다.

우정이나 사랑 따위를 알게 된 이들에겐 애정의 대상이 된 사람들을 처절하게 죽이며 상처받기 싫으면 그런 감정 따위 버려야 한다는 걸 가르쳤다.

페르소나 뱅가드는 그래서 삿된 감정으로 일을 그르치는 법이 없었다. 또 그래서 서로를 밟고 올라서기 위해 수련을 게을리하지 않았다.

그것이 페르소나 뱅가드였다.

미카엘은 당장 세라핌에게 가 이 소식을 전했다.

"그래?"

세라핌의 반응은 무미건조했다.

그는 한참 동안 발코니 너머의 하늘을 감상하다가 다시 입을 열었다.

"아르디엔의 호위기사에게 죽었다고?"

"그렇습니다."

"하멜 후작가라… 빨리 손을 보지 않으면 나중에 골치 아파지겠군."

세라핌에게도 가브리엘이 죽었다는 소식보단, 첩자 양성소를 무너뜨린 배후가 아르디엔 하멜 후작이라는 것이 더 중요했다.

"어떻게 해야 할까."

세라핌이 고민했다.

미카엘의 이야기를 들어보면 아르디엔은 페르소나 뱅가드의 기사 일이백으로 상대하기엔 턱도 없이 강했다.

그렇다고 그 이상의 인원을 그라함 왕국으로 보내기도 힘들었다.

너무 많이 움직이면 그라함 왕국에게 꼬리가 잡힐 게 분명했다.

그것은 곧 가르테아 제국과 그라함 왕국의 전쟁을 발발하게 만들 것이다.

하나, 황제는 아직 전쟁을 일으키라 명하지 않았다.

황실 직속 돌격대인 페르소나 뱅가드는 황제의 명 없인 절대 큰일을 만들어서는 안 된다.

한참 생각에 생각을 거듭하던 세라핌이 결론을 냈다.

"황제 폐하를 뵈어야겠어."

"그 말씀은……?"

"어차피 그라함 왕국에 만들어 놓았던 양성소도 모두 괴멸당했고, 우리와 손을 잡았던 귀족들은 숙청당했지. 이대로 그라함 왕국을 그냥 놓아둔다면 그들이 힘을 기를 때까지 기다려 주는 꼴밖에 되지 않아. 전쟁을 앞당기는 게 상책이야."

미카엘이 고개를 조아렸다.

"옳으신 생각입니다."

"하지만 당장은 아니야. 황제 폐하의 탄신일이 두 달 뒤다. 그전까진 분란을 일으키지 않는 게 좋겠지. 미카엘."

"네."

"요즘 애들 물은 어떻지?"

요 며칠 잠잠하다 싶더니 또 세라핌의 성욕이 발동한 모양이다.

"그렇지 않아도 일주일 전, 괜찮은 노예들을 사들여 놓았습니다."

"그래? 좋군."

세라핌이 입술을 핥았다.

그의 눈에서는 벌써부터 참을 수 없는 욕정이 줄줄 흘러넘쳤다.

"둘만 내 방으로 보내도록."

"알겠습니다."

미카엘이 뒤돌아서며 묘한 미소를 베어물었다.

그는 분명 속으로 세라핌을 비웃고 있었다.

하지만 겉으로는 절대 티를 내지 않았다.

그 순간 모가지가 떨어져 나갈 테니.

미카엘이 방을 나선 뒤, 약간의 시간이 흐르고 두 명의 노예가 방으로 들어왔다.

발코니를 향해 있던 세라핌이 뒤를 돌았다.

잔뜩 겁먹은 표정의 노예들은 감히 세라핌을 쳐다보지도 못하고서 바닥만 바라보았다.

그들은 열 네 살의 소년들이었다.

몸에 군살이 하나 없고 피부는 새하얀데다 금발에 벽안이었다.

노예라고 하기에는 아까운 외모였다.

하지만 출신성분이 노예인지라 이런 경우는 돈 많은 귀족들에게 팔려 밤노리개로 쓰일 뿐이었다.

세라핌이 소년들에게 가까이 다가오라 말했다.

소년들이 천천히 그에게 다가갔다.

"벗어라."

세라핌의 명령에 소년들은 얼른 옷을 벗었다.

나신이 된 소년들을 보자 세라핌의 아랫도리에 힘이 들어갔다.

그가 소년들의 몸을 천천히 어루만졌다.

"날 즐겁게 만들어야 할 거야. 만족시키지 못했다간 그 목이 분질러질 테니."

*　　*　　*

어두운 밤.

뮤테아를 비롯한 네 명의 오리진, 하우랑, 마샨, 도이라는 하멜 후작가에 도착했다.

"여기가 하멜 후작가야?"

마샨이 철로 된 정문 너머의 저택을 부산스럽게 바라보며 말했다.

정문을 지키던 사병 둘이 수상해 보이는 오리진들을 경계했다.

뮤테아가 앞장서서 그들에게 다가갔다.

차창!

사병들은 들고 있던 창을 교차시켜 정문을 막았다.

"무슨 일로 찾아오셨습니까."

사병 중 한 명이 사무적인 어투로 물었다.

"하멜 후작을 만나러 왔어요. 문 좀 열어주겠어요?"

뮤테아가 마치 오랜 친구를 대하듯 사병에게 말했다.

그러자 사병들은 무언가에 홀리기라도 한 듯, 창을 거두어들이고 정문을 열었다.

"드, 들어가시죠."

"고마워요."

뮤테아 일행은 아무런 제제도 받지 않고 하멜 후작가의 정원으로 들어갔다.

그들이 정원을 가로질러 저택 근처에 다다를 쯤 해서야 정문을 지키는 사병들은 정신이 번쩍 들었다.

자신들이 무슨 짓을 한 건지 이해가 되지 않았다.

삐이이이익—!

문지기 사병 한 명이 피리를 꺼내 세게 불었다.

그러자 정원의 사방에서 사병과 기사들이 달려 나와 뮤테아 일행을 포위했다.

그들은 일제히 무기를 꺼내들고 침입자들을 위협했다.

하나 뮤테아 일행은 전혀 긴장하지 않았다.

"흐아암~!"

마샨은 하품까지 해댔다.

"여기는 하멜 후작님의 저택이다. 무단침입은 용서치 않는다."

하멜 후작가의 기사단장이자 소드 익스퍼트 하급의 경지에 오른 페스토치가 경고했다.

"아, 그래? 그럼 어쩔 건데? 찌를 건가? 벨 건가?"

마샨이 키들거리며 앞으로 나아갔다.
사병과 기사들은 페스토치의 눈치를 살폈다.
아르디엔은 무단으로 저택을 침입한 이들은 무조건 제압하라고 평소에 일렀다.
페스토치가 망설임 없이 명을 내렸다.
"죽여라!"
오리진을 포위한 맨 앞줄의 기사와 사병이 일제히 달려들어 검을 휘둘렀다.
그런데.
툭. 투툭. 툭.
검들은 오리진들의 몸에 부딪히기만 할 뿐, 아무런 상처도 내지 못했다.
"뭐하는 거야? 재미없게."
마샨이 그들을 조롱했다.
"그만해, 마샨."
뮤테아가 마샨을 말렸다.
마샨은 콧방귀를 뀌며 뒤로 물러났다.
"그대의 이름은?"
뮤테아의 물음에 페스토치는 저도 모르게 대답했다.
"페, 페스토치."
"페스토치 경. 하멜 후작을 불러주시겠어요?"

“아…….”

페스토치가 갈등했다.

지금 자신이 왜 이 여자의 부탁에 순순히 응하려는지 알 수 없었다.

그는 정신을 똑바로 차리려 노력했다.

하지만.

“어서요.”

“그, 그러지요.”

뮤테아의 거듭 된 부탁에 저택으로 들어가려 했다.

한데 그전에 저택의 문이 열리며 아르디엔과 제피아가 모습을 드러냈다.

“무슨 일로 나를 찾지?”

아르디엔이 물었다.

하지만 뮤테아는 그 물음에 답하는 대신 제피아에게 인사를 건넸다.

“오래간만이네요, 제피아.”

“뮤테아… 우린 참 지독한 인연이군.”

“제가 준 선물은 마음에 드시나요?”

마력의 금제를 말하는 것이었다.

제피아의 이마에 대번에 세로줄이 그어졌다.

“기분 나쁜 농담을 잘도 던지는군. 선물? 선물이라고 그랬는가?"

제피아의 몸에서 다크 마나가 일렁였다.

이를 본 뮤테아가 살짝 놀랐다.

"혹… 금제를 풀어버린 건가요?"

"지긋지긋한 시간이었지. 비로소 자유를 얻었어."

"어떻게… 로잔이?"

"그는 죽어도 금제를 풀지 않으려 들더군."

"그렇겠죠. 차라리 죽는 한이 있으면 죽었겠죠. 한데 무슨 수로 금제를 풀었던 거죠?"

그때 갑자기 기이한 기운이 뮤테아 일행을 짓눌렀다.

사람의 영혼 자체를 뒤흔들어 극도의 공포를 주는 그 기운은 비욘드 소울이었다.

"아직도 궁금한가?"

아르디엔이 물었다.

뮤테아가 비틀거리며 고개를 끄덕였다.

"이것이었군요… 로잔을 굴복시켜 금제를 풀게 만든 힘이……."

이미 한 번 비욘드 소울을 경험했던 하우랑은 식은땀을 뻘뻘 흘리며 괴로워했다.

마샨과 도이라도 얼굴이 창백해졌다.

뮤테아 일행은 숨도 제대로 쉬지 못하고서 헐떡였다.

그들이 일제히 신성력을 일으켜 비욘드 소울을 밀어내려 했다.

하지만 역부족이었다.

아르디엔의 비욘드 소울은 그새 한층 더 강력해져 있었다.

"신물의 나머지 조각을 넘겨라."

"로잔을… 먼저 넘겨주세요."

"이대로 신물을 빼앗을 수도 있다."

"고작 그 정도의 소인배라고는 생각하지 않아요."

뮤테아는 비욘드 소울로 인해 극도의 공포를 겪는 와중에도 할 말을 또박또박 내뱉었다.

게다가 옅은 미소까지 베어물었다.

그녀를 가만히 살피던 아르디엔이 비욘드 소울을 거두어들였다.

그리고 제피아에게 눈짓을 했다.

고개를 끄덕인 제피아가 저택의 지하로 들어갔다.

잠시 후, 제피아는 포박당한 로잔을 끌고 나왔다.

"뮤테아!"

로잔이 뮤테아를 보자마자 반가워하며 소리쳤다.

하나 돌아오는 반응은 싸늘했다.

"임무를 실패한 것도 모자라 제피아의 금제까지 풀어줘?

그러고도 살아 있다니 부끄러운 줄 알아라."

뮤테아의 음성은 한겨울의 얼음처럼 차가웠다.

로잔의 표정이 급격이 우울해졌다.

마치 엄마에게 혼이 난 어린아이 같았다.

"어쩔 수 없었어……. 미안해."

풀이 팍 죽은 로잔이 고개를 떨궜다.

뮤테아는 그를 쏘아보다가 품에서 듀란달의 조각 세 개를 꺼내들었다.

"당신이 원하는 건 여기 있어요."

"동시에 교환하도록 하지. 로잔을 보낼 테니 조각을 던져."

"그러죠."

아르디엔의 시선을 받은 제피아가 로잔을 놓아주었다.

그와 함께 뮤테아는 신물의 조각 세 개를 아르디엔에게 던졌다.

로잔은 무사히 오리진들의 품에 돌아왔고, 신물의 조각 세 개는 아르디엔의 손에 쥐어졌다.

"이제 되었나요?"

뮤테아가 물었다.

"가도 좋다."

사실 오리진들이 반항을 하면 죽일 생각이었다.

하지만 그들이 신사적으로 나오니 아르디엔도 응당 그에 맞게 행동했다.

그들은 나중에 신물을 노리려 한다면 그때 죽여도 될 것이다.

한데 뮤테아가 묘한 미소를 띄었다.

순간 그녀의 몸에서 신성력이 뿜어지더니 아르디엔의 손에 있던 신물 세 개에 스며들었다. 아울러 저택 안으로 헤집고 들어갔다.

콰장창!

이윽고 아르디엔의 방 창문을 깨고서 마지막 신물의 조각 하나가 튀어나왔다.

그것은 아르디엔의 손, 즉 다른 세 개의 조각이 있는 곳으로 날아들었다.

한 자리에 모인 신물, 듀란달의 조각들은 하나로 합쳐져 온전한 형상을 이뤄냈다.

악테르사 신의 상징 태양의 그림이 완성된 것이다.

"무슨 짓거리냐!"

제피아가 버럭 고함을 쳤다.

"신물 듀란달이 그렇게 쉽게 손에 넣을 수 있는 거라 생각하셨나요?"

뮤테아의 말이 끝나는 순간 하나로 합쳐진 신물은 하늘 위로 솟구치더니 푸른빛이 되었다. 그리고는 서쪽으로 날아가 사라졌다.

마치 지상으로 떨어지던 별똥별이 다시 하늘로 솟아오르는 듯한 광경이었다.

"뭘 한 거지?"

아르디엔이 물었다.

"방금 듀란달의 봉인을 깨는 열쇠가 만들어졌어요. 열쇠는 자물쇠를 찾아간 거죠."

"열쇠?"

"하멜 후작님께서 그렇게 갖고 싶어 했던 신물은 듀란달이 아니라, 듀란달의 봉인을 풀 수 있는 열쇠였어요. 그 열쇠는 흩어진 네 개의 조각이 한데 모여 완성되는 순간 자동적으로 듀란달이 봉인되어 있는 곳으로 사라지죠."

말인 즉, 진짜 듀란달은 다른 곳에 봉인되어 있다는 뜻이었다.

"말해라. 듀란달은 어디에 있지?"

"말 못하겠다면… 죽이실 건가요?"

"뻔한 걸 묻지 마라."

"어쩌죠. 그건 말 못하겠는데. 하지만 한 가지만 알려드리죠. 어차피 듀란달의 봉인은 열쇠의 힘이 스며든 이후, 10년 후에 풀린답니다."

"……."

"거짓말 같으신가요? 뭣하러 이런 거짓말을 할까요, 제가. 믿으셔도 돼요. 이걸 알려주는 건 10년 동안 괜히 우리를 찾아와 듀란달을 내놓으라고 행패부리지 말아주셨으면 하는 바람에서에요."

아르디엔이 제피아를 바라보았다.

제피아가 고개를 저었다.

"나도 신물의 조각들이 단지 듀란달의 봉인을 깨우는 열쇠라는 걸 알지 못했네. 그녀의 말이 사실인지 판단할 수가 없어."

그렇다면 지금 아르디엔이 취해야 할 행동은 하나.

오리진들을 잡아 10년 동안 가두어 두는 것이다.

그런데 이미 마샨의 손엔 마법 스크롤 하나가 들려 있었다.

그는 그것을 찢었다.

거의 동시에 아르디엔이 움직였다.

하지만 마법이 발동되는 게 더 빨랐다.

찰나의 순간, 뮤테아 일행은 감쪽같이 사라졌다.

텔레포트 마법이었다.

"후우."

눈앞에서 오리진들을 놓친 아르디엔이 한숨을 쉬었다.

오리진을 놓친 것보다 그들의 말이 사실인지 알 수가 없어서 더 답답했다.

"제대로 당했어."

아르디엔이 자책했다.

그의 곁으로 제피아가 다가왔다.

"진위여부를 파악할 수는 없지만 그냥… 지금껏 그녀를 알아왔던 내 입장에서 얘기하자면 그녀의 말은 사실일 것이네."

"오리진은 거짓말을 하지 않는다… 그건가?"

"되도록 거짓말을 하지 않으려 드는 것뿐이지. 청렴결백할 정도로 거짓말을 하지 않는 건 아닐세. 그저 두루뭉술하게 말했다가 나중에 내 뜻은 그런 게 아닌데 상대방이 잘못 이해한 것처럼 몰아칠 때는 있지. 어떻게 보면 그것도 거짓을 말한 건 아닐 테니."

"그런데 왜 사실일 것이라 믿는 거지?"

"이런 일로 거짓을 말할 만큼 작은 그릇이 아니니까."

확실히 짧은 시간 대면했지만, 아르디엔도 뮤테아가 보통내기는 아님을 느꼈다.

어찌 되었든 그건 그거고 일이 틀어진 건 틀어진 것이었다.

"듀란달이 그들의 손에 넘어가선 안 돼."

"마왕의 강림은 나도 절대로 반대하는 입장일세. 그리 되면 마도국이 엄청난 힘을 등에 업게 되는 것은 물론이고… 루틴도 영원히 마도국의 왕좌를 차지하게 될 테니."

"루틴이?"

"마왕이 강림하게 되면, 그를 따르는 하수인 중 가장 유능한 이에게 반불사의 육신을 내린다네. 그리 되면 아스크는 영영 마도국의 왕좌를 차지할 수 없게 되지."

"왜 그렇게 생각하지?"

"……?"

제피아가 멀뚱하게 아르디엔을 바라봤다.

"어떻게든 마왕이 강림하지 못하도록 노력할 거야, 난. 하지만 최악의 상황에서 마왕이 강림한다고 해도 아스크가 왕좌를 차지하지 말란 법은 없다."

"무슨 뜻으로 하는 말인가?"

아르디엔이 대답 없이 제피아의 시선을 쳐다봤다.

순간 그 눈동자 속에서 어떠한 대답을 읽은 제피아가 입을 쩍 벌렸다.

"서, 설마 자네……!"

"누군가 내 앞을 막아선다면, 내 사람들을 건드리려 한다면 없앨 뿐이다. 여태껏 그래왔고 앞으로도 그럴 것이다."

미친 소리였다.

미치지 않고서야 마왕을 없애겠다는 말을 함부로 내뱉을 수 없었다.

하지만… 이 감정은 무엇이란 말인가.

제피아는 꽉 막힌 가슴속이 뻥 뚫리는 것만 같았다.

분명히 말도 안 되는 얘기였지만, 그게 반드시 불가능하란 법도 없을 것 같았다.

"하, 하하하! 아하하하하하하!"

제피아가 신나게 웃어젖혔다.

그가 아르디엔의 어깨를 툭툭 두들겼다.

"그래. 자네가 어떤 사람인지 내 잠시 잊었었네. 그래. 그러면 되는 것이지. 마왕이 강림하면 죽여 없앨 뿐이지. 그게 다가 아니겠는가?"

"알면 됐어. 조금 쉬어야겠군."

아르디엔이 저택으로 들어섰다.

제피아는 한동안 정원에 서서 밤하늘을 올려다보며 크게 웃어젖혔다.

*　　*　　*

방으로 돌아온 아르디엔은 의자에 앉아 생각에 빠졌다.

"10년 뒤에 봉인이 풀린다……."

지금은 대륙력 371년 7월 초순이다.

아르디엔이 과거로 회귀한 지 딱 3년이 흘렀다.

전생에서는 전쟁이 375년에 발발한다.

그리고 2년 동안 그라함 왕국과 제국 사이의 전쟁이 이어지고 결국 제국의 승리로 끝이 난다.

한데 그 이후 제국은 자신들이 길러낸 양성소의 기사들을 죽이려 들었다.

결국 1년 동안 기사들은 제국의 칼을 피해 다니며 질 것이 뻔한 전쟁을 이어나갔다.

아르디엔은 자신을 키워낸 제국에게 죽임을 처참하게 죽임을 당했다.

한데 그 과정에서 마왕이 강림하는 일은 벌어지지 않았다.

전생에서도 숨겨졌던 신전 네 개가 대지 위로 솟구친 것을 보면 분명 오리진들은 듀란달의 열쇠를 얻은 것이다.

"뮤테아의 말이 사실이라는 건가."

그녀가 말한 대로 지금으로부터 십 년 뒤, 듀란달의 봉인이 풀렸다고 가정한다면 그건 대륙력 381년이 될 것이다.

아르디엔은 전생에 그때까지 숨을 부지하지 못했다.

전생의 경험과 지금의 상황을 종합해 보면 뮤테아의 말은 신빙성이 있었다.

결국 마왕의 부활을 막으려면 십 년을 기다려야 한다는 결론이 내려졌다.

한데 아직도 남는 의문이 하나 있었다.

이 모든 일을 계획했던 에덴의 일족 아모르시아는 왜 듀란달이 십 년 뒤에 봉인에서 깨어나도록 한 것일까.

Chapter 08
뮤테아의 꿈

마도국으로 귀환한 뮤테아 일행은 루틴의 부름을 받아 어전으로 향했다.

왕성의 핵심인력들이 모두 모인 어전에서 뮤테아 일행은 국왕 루틴 앞에 섰다.

"그래, 갔던 일은 어찌 되었지?"

루틴이 기대 가득한 눈으로 물었다.

대답은 뮤테아가 했다.

"잘 해결됐어요. 보시다시피 로잔도 무사하구요."

"아주 좋군. 이제 더 좋은 얘기를 들을 차례인가? …듀란달을 보여주게."

"없어요."

"…없다?"

루틴의 눈매가 가늘어졌다.

"네."

"너무 간단한 대답이라 이해를 못하겠군. 장난을 칠 요량이었다면 충분히 재미있었으니 제대로 된 이야기를 하지 그래?"

"있는 그대로를 말한 거예요. 듀란달은 우리한테 없어요."

쾅!

루틴의 주먹이 어좌의 팔걸이를 후려쳤다.

콰직!

강력한 충격에 팔걸이가 부서졌다.

루틴이 사나운 미소를 머금었다. 동시에 몸에서 다크 마나가 일렁였다.

"뮤테아. 아무리 네가 나와 막역한 사이라 해도 이런 식으로 나온다면 나 역시 그에 걸맞은 대접을 해줄 수밖에 없다는 걸 알아둬."

"듀란달은 십 년 후에나 세상에 모습을 드러낼 거예요."

"그런 이야기는 들어본 적이 없는데. 신물의 조각 네 개를 모아 하나로 합치면 되는 것 아니었나? 그게 듀란달이었잖아?"

"아니오. 그건 듀란달의 봉인을 열기 위한 열쇠에 지나지 않아요."

"도통 이해를 못하겠군. 그전까지는 분명 내게 그것이 듀란달이라고 말하지 않았던가? 에덴의 일족인 너희들은 거짓을 말하지 않는다 하지 않았던가!"

"거짓을 말하지 않아요."

"그럼 지금 하는 말은 뭐냔 말이야!"

쐐애애액! 푹!

갑자기 날아든 다크 마나 한줄기가 뮤테아를 스치고 지나가 바닥을 뚫었다.

하나, 뮤테아는 눈 하나 깜빡 않고 말했다.

"저는 이렇게 얘기했었죠. '네 조각이 난 신물들을 모으면 듀란달을 얻을 수 있다' 라고요. 그것들이 듀란달 자체라고 얘기한 적은 없어요."

"신물이라는 것 자체가 듀란달을 지칭하는 것이잖나."

"듀란달의 봉인을 풀기 위한 열쇠 역시도 신물이에요."

"말장난 하자는 거야?"

"흥분하지 말아요, 루틴. 제 얘기들을 말장난으로 여기고 있는 건 루틴 본인이에요."

루틴이 입을 꾹 다물고서 뮤테아를 노려보았다.

"후."

그러다 짧은 숨을 내쉬었다.

그의 몸에서 일렁이던 다크 마나가 거두어졌다.

루틴이 언제 그랬냐는 듯 화를 삭히고서 잔잔한 미소를 머금었다.

"미안하군. 내가 흥분했어."

"이해해요. 애초에 의사전달을 분명하게 못한 제 잘못이 커요. 저야말로 미안해요."

사실 지금 루틴의 속은 부글거리며 끓고 있었다.

하지만 칼자루를 쥐고 있는 건 루틴이 아니라 뮤테아다.

참아야 한다.

"한데… 십 년이라고 했지?"

"네."

"왜 십 년을 기다려야 하는 거지? 특별한 이유라도 있는 건가?"

"모든 것은 아모르시아님께서 계획하신 일. 우리는 그 분의 뜻에 따라 행동할 뿐, 다른 건 몰라요."

"듀란달이 십 년이 지나야 봉인에서 풀리는 것도 아모르시아의 뜻이라?"

"네."

환장할 노릇이었다.

아모르시아는 에덴의 일족에서 최초로 힘의 욕망에 눈을 뜬 여인이었다.

그녀는 듀란달의 힘을 이용해 자신의 욕망을 이룩하려 했다.

그 욕망은 위험하고, 절대 해서는 안 되는 것이었다.

그래서 악테르사 신은 에덴의 일족을 버렸다.

더 이상 에덴의 일족에게서 신성력을 가진 자식이 태어나지 못하게 되었다.

그로 인해 아모르시아는 에덴의 일족에게 척결대상이 되었다.

하지만 모두가 아모르시아를 적대시하는 건 아니었다.

그녀에겐 뜻을 같이 하고자 하는 에덴의 일족 다섯이 있었다.

바로 지금의 오리진들이다.

아모르시아는 뮤테아 일행에게 자신의 꿈을 들려주고 현혹했다.

뮤테아 일행은 철저한 아모르시아의 오른팔이 되었다.

하지만 고작 여섯 명으로 에덴의 일족 모두를 상대할 순 없는 노릇이었다.

이에 아모르시아는 신검 듀란달을 봉인한 뒤, 그것의 봉인을 풀 수 있는 또 다른 신물을 네 조각으로 나누어 최초의 신전에다 숨겼다.

그리고 자기 자신은 물론 다른 다섯 명의 오리진들도 땅속 깊은 곳에다 봉인시켰다.

이후 사백 년이 지나 오리진들은 깨어났다.

그들은 듀란달의 봉인을 풀 열쇠를 찾아냈다.

루틴이 알고 있는 사실도 딱 거기까지다.

대체 왜 십 년이 지나야 듀란달의 봉인이 풀리는지 알 수가 없었다.

오리진들이 모른다고 하니 알 도리가 없다.

뮤테아는 이는 모두 아모르시아의 뜻이라고 한다.

하면 아모르시아에게 물어야 모든 비밀이 속 시원하게 풀릴 텐데, 대체!

"아모르시아는 어디에 있지? 왜 여태껏 봉인에서 풀려나지 않는 것인가?"

"그 역시 알 수 없어요. 아모르시아님은 모든 것이 준비되었을 때 다시 우리들을 보러 오신다고 하셨어요. 그게 사백 년 전 우리에게 남긴 마지막 말씀이었죠."

"그 모든 것이 준비되었을 때란… 듀란달이 봉인에서 풀려났을 때를 말하는 것인가?"

"그럴 가능성이 크죠."

왜 십 년이 지나야 듀란달이 봉인에서 풀리는 것인지, 그 이유를 알려면 십 년을 기다려야 한다니.

농담도 이런 농담이 없었다.

"…알겠네. 먼 길 다녀오느라 피곤할 텐데 그만 돌아가서 쉬도록 해."

"만족스러운 결과를 가지고 돌아오지 못해 죄송해요. 아, 그리고 한 가지 말씀드려야 할 게 있어요."

"뭐지?"

"아르디엔 하멜 후작. 그를 조심하세요."

"그리 대단하던가?"

"지금 싹을 잘라놓지 않으면 나중엔 큰 위협으로 다가올 거예요. 그는 이상한 기운을 이용해요."

"이상한 기운?"

"한 번도 경험해 보지 못한… 마치 영혼 그 자체를 옭죄는 것 같은 무서운 기운이었어요."

"흠……."

"제 말을 허투루 들으시면 안 돼요. 하멜 후작은 무서운 사람이에요."

"알겠네. 안 그래도 하멜 후작을 신경 쓰고 있었는데 좀 더 예의주시하도록 하지."

"들어주셔서 감사해요. 그럼 이만."

뮤테아 일행이 어전을 벗어났다.

그러자 좌중에서 술렁거리는 소리가 들려왔다.

대체 오리진들이 무슨 꿍꿍이를 벌이는 건지 알 수가 없어 제들끼리 이런저런 얘기를 나누는 것이다.

그 자리엔 아스크 왕자도 있었다.

아스크의 시선이 루틴에게 향했다.

루틴은 골치가 아픈 듯한 손으로 관자놀이를 꾹꾹 눌러댔다.

그 모습에 아스크의 입에 미소가 걸렸다.

'십 년이라… 그전에 어좌를 빼앗아주지.'

다급하기만 했던 아스크의 마음에 여유가 생겼다.

* * *

오리진들은 뮤테아의 방에 모였다.

"왜 말했나요?"

도이라가 뮤테아에게 따지듯 물었다.

"뭘?"

"십 년 뒤, 듀란달의 봉인이 풀린다는 걸… 하멜 후작과 루틴에게 왜 말한 건가요."

말투는 침착했지만 목소리가 냉랭한 것이 분명히 화가 난 것이었다.

도이라는 오리진 다섯 명 중에 가장 예의가 바르고 조용했지만, 한 번 아니다 싶은 것이 있을 땐 끝까지 밀고 나갔다.

지금이 바로 그런 때였다.

"말하면 안 돼?"

뮤테아가 태연하게 받아쳤다.

"왜 듀란달의 봉인이 십 년 뒤에 풀리도록 되어 있는지… 모르는 거 아닐 텐데요."

"알지. 아주 잘 알아."

듀란달의 봉인이 십 년 뒤에 풀리는 이유.

그것은 만약을 위해 아모르시아가 마련해 놓은 안배였다.

최초의 신전 네 개는 오리진이 걸고 있는 목걸이가 아니면 땅속에서 지상으로 끌어올릴 수가 없다.

아울러 신전의 지하를 지키는 석상들은 신성력이 없는 이가 침입하면 당장 공격을 퍼붓는다.

마지막으로 듀란달의 봉인을 푸는 열쇠의 조각들은 뮤테아밖에 조합하지 못한다.

이것이 첫 번째 안배다.

오리진이 아니면 열쇠의 조각들을 모으기 어렵게, 설령 모은다고 해도 조합하지 못하게 만든 것이다.

두 번째 안배는 완성된 열쇠가 듀란달 그 자체인 것처럼 착각하도록 만드는 것이다.

그래서 뮤테아는 여태껏 루틴에게 신전에서 찾아야 하는 열쇠의 조각 네 개가 듀란달인 듯 말해왔던 것이다.

마지막 세 번째 안배가 바로 십 년 뒤에 듀란달의 봉인이 풀리도록 해놓은 것이다.

그럴 일은 없겠지만 만에 하나 누군가가 오리진 대신 열쇠의 조각을 찾아 모은다면, 그래서 그것을 조합한다면, 열쇠의 조각은 푸른빛으로 변해 하늘로 솟아 사라지게 된다.

열쇠의 조각을 찾은 이들은 어리둥절해 할 것이다.

열심히 모은 듀란달이 빛이 되어 없어져 버렸으니 말이다.

그리고는 아무런 일도 일어나지 않는다.

무려 십 년 동안.

그럼 열쇠를 듀란달이라 알고 있던 사람들은 신물이라는 것 자체가 모두 실존하지 않는 헛된 물건이었다고 생각하게 될 것이다.

십 년이라는 시간이 흐르면서 듀란달은 절로 사람들의 기억에서 잊혀진다.

결국 오리진들은 십 년이 지난 뒤, 무사히 듀란달을 손에 넣게 된다는 게 아모르시아의 시나리오다.

사실 이렇게까지 할 필요는 없었다.

듀란달의 봉인을 푸는 열쇠의 조각도, 봉인이 십 년 뒤에 풀리는 것도 모두 과한 안배가 아닌가 싶을지 모른다.

하나, 아모르시아는 철저한 여인이다.

세상에 무조건이라는 건 없으며 절대 일어나지 않는 일 따위도 없다.

혹시 모를 가능성 하나에도 만반의 대비를 했다.

바로 이것 때문에 도이라가 뮤테아에게 화를 냈다.

뮤테아는 지금 아모르시아의 세 번째 안배를 완전히 무시해 버렸다.

열쇠가 빛이 되어 사라진 이후에는 뭐가 어떻게 된 건지 자신도 모른다는 식으로 딱 잡아뗐어야 했다.

그게 아모르시아가 원한 일이다.

뮤테아가 이를 모를 리 없었다.

"그런데 왜 그랬나요?"

"도이라. 넌 지금 하나만 알고 둘은 모르고 있어."

"뭘 모르고 있는지 설명해 봐요."

"우선 하멜 후작에게 왜 사실을 말했는지부터 얘기해 줄게. 하멜 후작은 보통 내기가 아니야. 쉽게 속일 수 있는 사람도 아니고. 아무리 연극을 해봤자 그걸 믿었을까? 집요하게 파고들었을 걸. 차라리 사실을 말하는 게 나았어. 하멜 후작은 10년이라는 시간이 족쇄가 되어 우리에게 함부로 행동하지 못할 거야."

"그럼 루틴에게는?"

"비슷한 맥락이야. 루틴은 무서운 남자야. 그는 사람을 딱 두 부류로 나눠. 자신에게 필요 있는 사람, 필요 없는 사람. 필요가 있다고 생각되는 이들은 가면을 쓰고 웃는 얼굴로 대하지만, 필요 없는 사람은 죽여. 만약 내가 네 개의 신물이 하나로 합쳐지더니 하늘로 사라졌다. 듀란달은 없었다. 뭐가 어찌된 상황인건지 모르겠다, 라고 보고했으면 그는 우리를 내쳤을 거야."

루틴도 오리진들을 죽일 수는 없었다.

본래 그의 성정 같았다면 죽여야 마땅하나 일반적인 힘이 오리진에겐 전혀 통하지 않기 때문이다.

"만약 우리가 마도국에서 내쳐진다면? 그 다음엔 하멜 후작으로부터 우리를 보호해 줄 둥지가 사라지게 되는 거지. 지금 우리의 목을 비틀 수 있는 건 하멜 후작이 유일해. 그는 로잔의 목걸이를 가지고 있고, 기이한 기운을 사용하니까."

그 대목에서 로잔이 헛기침을 흘렸다.

"이제 이해됐어?"

뮤테아가 물었다.

도이라는 가만히 생각하다 천천히 고개를 끄덕였다.

"네. 제가 경솔했네요."

그는 아니다 싶은 건 확실하게 표현하는 만큼 자신을 이해시키면 수긍도 빨랐다.

"이제 더 이상 의문 가진 사람 없지?"

"없는 것 같네."

마샨이 다른 오리진들을 훑어보며 말했다.

"그래. 이제 우리는 기다리면 돼. 십 년이야. 그 이후에는 아모르시아님과 함께 멋진 세상에서 살게 될 거야."

뮤테아의 말에 오리진들은 모두 밝은 미래를 상상하며 고개를 끄덕였다.

*　　*　　*

어전에서 자신의 방으로 돌아온 루틴은 의자에 몸을 묻었다.

머리가 지끈거렸다.

"십 년을 기다리라니."

그래, 십 년을 기다리는 것, 어렵지 않다.

지금도 흘러가는 게 시간이다. 그렇게 할 수 있다.

한데, 듀란달이 십 년 뒤에 정말 봉인에서 풀리는 것인지 아닌지가 문제다.

만약 뮤테아가 거짓을 말한 것이라면 허송세월을 보내게 된다.

설마 자신이 오리진에게 이토록 놀아날 줄 몰랐던 루틴은 화가 치밀어 올랐다.

하지만 인내심을 발휘해 화를 삭혔다.

일단 오리진에 관한 일은 덮어두기로 했다.

지금은 당장 해결해야 할 일들로 시선을 돌려야 한다.

그 첫 번째가 바로 아르디엔 하멜 후작이었다.

시긴의 보고로 아스크가 아르디엔에게 만신창이가 되도록 당했었다는 걸 알고 있는 루틴이다.

그런데 이번에 그를 만나고 온 오리진들 역시 아르디엔을 빨리 제거하는 것이 좋겠다고 말했다.

"불화의 씨앗은 미리부터 뿌리를 뽑아놓는 게 좋지. 비로소 '그들'을 제대로 이용해 먹을 수 있겠어."

딱!

루틴이 손가락을 튕겼다.

그러자 하인이 안으로 들어와 고개를 조아렸다.

"아티모르를 불러와."

* * *

조금 피곤했던 모양이었나 보다.

뮤테아는 동료들이 각자의 방으로 흩어진 뒤, 바로 곯아떨어졌다.

그녀는 꿈을 꾸고 있었다.

꿈속에서 에덴은 아직 멸망하지 않은 도시였다.

사백 년의 시간을 거슬러 올라가는 것도 꿈이기에 가능했다.

에덴은 아름답고 평화로웠다.

뮤테아도, 하우랑도, 로잔과 마샨, 그리고 도이라도.

신이 허락한 행복한 도시 속에서 그저 친하게 지내던 오총사였다.

그리고 그들은 아모르시아를 좋아했다.

아모르시아는 에덴이 생기고 난 이후, 역대 최고의 미모를 자랑하는 눈부신 여인이었다.

그녀의 곁에는 늘 사람이 많았다.

매일 같이 너다섯 명의 사내들이 그녀에게 구애를 했다.

하지만 아모르시아는 그들을 좋은 말로 타일러 돌려보내곤 했었다.

어떤 남자도 그녀의 사랑을 독차지할 수는 없었다.

아모르시아는 주변의 모든 이들을 똑같은 시선으로 바라보고 똑같은 애정을 베풀어줬다.

뮤테아는 그래서 더 그녀가 좋았다.

그러던 어느 날.

아모르시아는 오총사에게 의미심장한 말을 건넸다.

"우리는 신의 은총을 받은 자식들이야. 한 단계 더 신에게 가까이 다가갈 방법이 있어. 지금의 인간들은 어리석어. 늘 싸우고, 전쟁을 벌이고 남의 것을 빼앗으며 살아가지. 그 어리석음을 깨우치지 못한다면 누군가가 나서서 그러지 못하도록 해줘야 돼. 우리가 신에게 가까이 다가간다면 그럴 수 있어. 너희들은 나와 함께 해줄 거니?"

뮤테아는 물론이고 다른 이들은 기꺼이 그러겠다고 했다.

사실 지상의 모든 인간들은 늘 불안한 하루를 살아가고 있었다.

그들은 지금껏 단 한 번도 에덴을 공격의 대상으로 돌리지 않았지만, 앞으로도 영원히 그러란 보장은 없었다.

사실 그러한 불안감은 에덴의 일족 모두의 가슴 한 켠에 자리 잡고 있었다.

다들 겉으로 표현하지 않을 뿐.

아모르시아는 다른 이들에게도 비슷한 말을 하고 다녔었던 것 같았다.

에덴의 일족 사이에서 그녀의 이름이 회자될 때 아름답고 사랑이 가득한 사람이라는 수식어만 따라 다녔는데, 어느 순간부터 아모르시아가 이상한 마음을 품은 것 같다는 얘기가 나돌았기 때문이다.

아모르시아는 에덴의 장로들에게 감시의 대상이 되었다.

한데 사건이 터지고야 말았다.

에덴에는 가장 높은 산봉우리 정상에 신이 내린 신검(神劍) 듀란달이 꽂혀 있었다.

듀란달은 에덴의 일족이 신의 어린양이라는 증표였다.

해서, 누구도 듀란달을 건드리지 않았다.

아무런 제재가 없어도 산봉우리 근처에 올라가지를 않았다.

그것은 불문율이었다.

아모르시아는 바로 그 신검 듀란달을 뽑았다.

그 순간 장로들은 무서운 신탁을 받게 되었다.

에덴의 일족 중 누군가가 신검에 손을 댔으니 에덴의 일족 사이에서는 더 이상 신의 축복을 받은 후손이 태어나지 않을 것이라는 내용이었다.

이는 곧 앞으로의 후손들은 신성력을 갖지 못할 것이란 뜻이다.

보통의 인간과 다름없는 후손이 태어난다는 건 에덴의 멸망을 말하는 것과 마찬가지다.

아모르시아는 결국 에덴의 공적이 되었다.

늘 애정 어린 시선으로 그녀를 바라보던 모든 이들이 이제는 분노에 찬 시선을 던지기 시작했다.

다들 아모르시아를 잡아 없애기 위해 혈안이 되었다.

그녀를 죽여, 목을 잘라 신께 바쳐 용서를 빌어야 한다고 장로들은 외쳐댔다.

하지만 뮤테아 일행만큼은 생각이 달랐다.

그들은 아모르시아를 끝까지 믿었다.

그러나 고작 여섯이서 에덴의 일족 전부를 상대하기란 무리가 있었다.

아니, 아모르시아는 에덴의 일족을 자신의 손으로 죽이는 것 자체를 꺼려했다.

그녀는 결국 사백 년 후, 에덴의 일족이 모두 뿔뿔이 흩어져 사라진 세상에서 다시 일을 도모할 것을 기약했다.

뮤테아 일행에게 사백 년 후의 계획을 일러준 그녀는 듀란달을 봉인하고 그것의 봉인을 풀 수 있는 열쇠를 만들어 네 개의 조각으로 나눈 뒤, 최초의 신전에다 숨겼다.

그리고 뮤테아 일행에게 신검의 신성력으로 만든 목걸이 다섯 개를 나누어주었다.

그중 네 개는 신전의 봉인을 푸는 힘을, 나머지 하나는 네 개의 열쇠 조각을 하나로 조합하는 힘을 갖게 했다.

이후 뮤테아 일행마저도 봉인에 들게 하고, 자기 자신도 봉인을 해버렸다.

그 모든 것은 신검이 있었기에 가능한 일이었다.

뮤테아의 꿈은 그녀가 봉인이 되는 순간 끝났다.

"허억!"

곤히 잠들어 있다가 눈을 부릅뜬 그녀가 튕기듯 침대에서 상체를 일으켰다.

잠시 주변을 둘러보고 나서야, 조금 전의 상황이 꿈이라는 것을 안 뮤테아는 가슴을 쓸어내렸다.

창밖에서 들어오는 달빛이 그녀의 머리에 부서졌다.

오늘따라 유난히 닭이 밝고 컸다.

뮤테아는 가만히 달을 바라보았다.

"아모르시아님, 이제 남은 건 시간이 흐르길 기다리는 것뿐이에요. 모든 것이 완벽해질 때, 그 아름다운 미소를 다시 볼 수 있겠죠?"

그녀의 혼잣말이 허공에서 흩어졌다.

Chapter 09
대륙 십존

마도국 게르갈드의 수도 라타드만.

왕성이 있는 곳이기도 하며 게르갈드 내에서 가장 큰 도시인 이곳엔 왕성 다음으로 거대하고 화려한 저택이 유독 눈에 띄었다.

그 저택은 불과 2년 전까지는 존재치 않았다.

2년 전, 국왕 루틴의 명으로 갑자기 급하게 공사를 시작하더니 1년 만에 완성되어 아홉 명의 사람들이 조용히 들어와 살고 있었다.

그 저택에 사는 사람들이 누구인지, 왜 국왕이 그들을 받아들이기 위해서 저택까지 지은 것인지도 아는 이가 없었다.

그저 소문만 무성하게 떠돌 뿐이었다.

그나마 저택에 머무는 이들이 대단한 이들일 것이란 유추가 가능했던 건, 루틴이 이 저택의 이름을 바할파세드, 고대어로 용맹의 전당이라 지었기 때문이다.

*　　*　　*

바할파세드의 홀에는 아홉 사람이 모여 앉아 있었다.

그중 여자가 셋, 남자가 여섯이었다.

그들은 일 년 동안 바깥출입을 거의 자제해 왔다.

사람들이 그들의 정체를 알게 되면 시끄러워질 게 뻔하기 때문이다.

홀에서 제멋대로 소파위에 널브러져 음식을 먹거나 술을 마시면서 한량처럼 지내고 있는 이들은 바로 대륙 십존 중의 아홉 명이었다.

"하아, 지루해. 언제까지 이렇게 지내야 하는 거야?"

지루함을 토로하며 투덜댄 여인은 마흔 초반의 나이와는 달리 이십 대 후반으로 보이는 외모를 가진 동안으로, 대륙 십존 중 서열 10위인 뇌전창(雷電槍) 실리안 콴이었다.

실리안은 한 자루의 창을 귀신같이 다룬다.

그녀의 창은 특수한 광물로 만들어져 뢰(雷)의 힘을 담고 있었다.

창에 오러를 담아 휘두르면 오러의 강도에 따라 전격이 일며 스파크가 튄다.

오러의 크기가 커지면 전격의 세기도 커지니 번개를 쏘아 보낼 수도 있었다.

겁도 없이 그녀에게 도전장을 내민 이들은 타죽거나 조각이 나 죽거나 둘 중 하나였다.

아름답고 청초해 뵈는 외모와 달리 손속이 매서운 여인이었다.

"난 이렇게 아무것도 안하고 보내는 것도 좋다! 다 좋다!"

소파에 앉아 힘껏 기지개를 켜며 우렁찬 목소리로 외친 이는 십존 중 서열 6위인 야차왕(夜叉王) 학센이었다.

그는 별호답게 산도적 같이 생긴 얼굴에 매끈한 대머리에다가 우락부락한 근육을 자랑했다.

키도 보통의 남성들보다 머리 두 개는 더 컸다.

성격은 거칠고 단순했다.

학센은 두껍고 거대한 육각모양의 철봉을 무기로 썼다.

철봉은 양 끝을 잡고 돌리면 두 자루로 나뉘면서 서로를 엮어주는 쇠사슬이 튀어나와 무식하게 큰 쌍절곤으로 사용할 수도 있었다.

"제발 실내에서는 목소리 좀 낮춰줘. 고막 터지겠어."

인생 다 포기해 버린 것 마냥 무기력한 얼굴로 힘없이 중얼거리는 이는 십존 중 서열 3위인 몽상마법사 가르틴 레미엔이었다.

가르틴은 학센과 완벽하게 대비될 만큼 왜소하고 마른 체형의 사내였다.

외모는 샤프한 편인데, 좀체 표정이 없으니 병든 환자처럼 아파보였다. 어딘가에 앉을 때는 늘 허리를 구부정하게 구부리거나 아니면 아예 축 늘어져 있었다.

아직 사십대 초반의 나이였지만 애초부터 타고난 백발과 백미는 그를 더 나이 들어 보이게 만들었다.

그가 익힌 것은 백마법으로 현재 7서클의 경지에 올랐다.

사실 7서클이라는 것은 대단한 경지이긴 하지만 십존에 들 수 있을 만큼 엄청난 경지는 또 아니다.

한데 그가 십존에 들 수 있었던 건 스스로 고안해낸 독창적인 마법들이 하나같이 대단하기 때문이다.

몽상마법사라는 별호도 그래서 붙여진 것이다.

다른 마법사들이 불가능할 것이라고 생각했던 마법들을 그는 실제로 구현해 버렸다.

때문에 가르틴을 만만히 보고 덤볐다가 어디서 듣도 보도 못한 그의 마법에 당하는 이들이 부지기수였다.

"가르틴! 심심해? 우리 뭐라도 하고 놀까? 응?"

가르틴에게 다가와 멱을 잡아 흔들면서 묻는 이는 십존 서열 9위 신궁(神宮) 람 위나드였다.

어렸을 적부터 사냥꾼 아버지와 어머니 사이에서 태어나 숲에서 자란 람은 활을 장난감처럼 가지고 놀았다.

범인은 천재를 못 이기고, 천재는 노력하는 자를 못 이기며, 노력하는 자는 즐기는 자를 못 이긴다고 했던가?

람은 활이 좋아서 매일 같이 손에서 놓지 않았을 뿐인데, 성인이 되어 돌아보니 그의 활솜씨는 이미 신궁의 영역에 다다라 있었다.

낭중지추(囊中之錐).

재능 있는 자가 재야에 묻혀 지내기만 하긴 힘든 법.

곧 그의 소문은 입을 타고 퍼져나갔으며 제법 힘 좀 쓴다는 자들이 찾아와 대결을 신청했다.

람은 신궁이라는 명성과 달리 키가 작고 여인 같은 외모를 가진 데다가 피부는 까무잡잡해서 모두들 그를 우습게 보고 덤벼들었다.

하나 그들은 공격 한 번 제대로 해보기도 전에 하나같이 벌집이 되어 목숨을 내놓아야 했다.

람은 한 번에 다섯 대의 화살을 동시에 쏘아붙일 수 있었다.

그리고 활을 장전하고 목표물을 노린 뒤, 시위를 놓는데 까지 찰나의 시간도 걸리지 않았다.

일반 검사들이 발도하는 것보다 람의 활이 훨씬 빠르니, 어지간해서는 그를 당해낼 재간이 없는 것이다.

아울러 람은 지독한 쾌락주의자다.

심심한 걸 못 견디고 공포라는 게 무언지 모른다.

그렇다 보니 일행들 중에서 가장 시끄러운 게 바로 그였다.

"이건 좀 놓고 얘기해 주면 안 될까. 나 어지러운데."

람에게 시달리던 가르틴이 힘없이 부탁했다.

람이 가르틴의 멱을 놓고 입을 비죽 내밀었다.

"가르틴 재미없어."

"나 재미없는 게 하루 이틀이니."

그때 두 사람을 지켜보던 드레스 차림의 아름다운 여인이 말을 걸어왔다.

"람. 그럼 나랑 놀래?"

"좋… 아? 아… 으… 싫어."

람은 신나서 고개를 돌렸다가 목소리의 주인이 누구인지 확인하고 나서 고개를 절레절레 저었다.

"왜? 같이 놀자니까."

싫다는 람에게 계속 놀자고 하는 이는 십존 서열 5위, 투왕(鬪王) 아리나 유엘이었다.

그녀는 공포를 모르는 람에게 유일하게 공포를 심어준 여인이다.

투왕이라는 별호처럼 무기를 사용하지 않고 오로지 육신을 이용해 전투를 한다.

사실 그녀에게 있어서 무기라는 것은 별 의미가 없다.

이미 아리나의 전신은 어지간한 무기보다 강력하게 단련되어 있다.

그녀의 손가락 하나가 잘 벼린 명검보다 더욱 훌륭한 무기다.

그야말로 살인병기라고 할 수 있는 게 바로 그녀였다.

하지만 별호답지 않게 아름답고 섹시한 외모, 그리고 몸매를 자랑하는 아리나다.

화려한 꽃잎만 보고 들이댔다가 가시에 찔려 혼구멍이 난 사내가 한둘이 아니다.

그래서 야차왕 학센도 처음엔 그녀를 품어보려 했다가 사지가 분질러지는 수모를 당해야만 했다.

반대로 람은 여자한테 전혀 관심이 없었다.

예전에는 그냥 놀자고 아리나에게 달려들었던 건데, 아리나는 그런 람을 진심으로 상대해 주었다.

람 역시 학센처럼 사지가 분질러지고 갈비뼈가 부러져 살을 찢고 튀어나와 사경을 헤매야 했다.

그 이후로는 절대 아리나에게 놀자고 달려들지 않는 람이었다.

"아리나. 람 그만 괴롭혀. 네 앞에서만 기가 팍 죽는 게 불쌍하잖아."

아리나를 말린 이는 십존 서열 4위 흑제(黑帝) 일레인 제펠이었다.

일레인의 직업은 어쌔신이다.

그는 명실상부 어쌔신 세계에서 당당히 서열 1위를 차지하고 있는 대단한 인물이었다.

하지만 그런 그도 십존들 사이에선 네 번째 서열에 만족해야 했다.

어쌔신 출신인만큼 그는 매끄러운 몸매를 가지고 있었다.

우락부락한 근육은 어쌔신 일을 하기에 부적합하다.

학센 같은 경우는 죽었다 깨나도 어쌔신이 될 순 없는 몸뚱이였다.

어쌔신은 주변 지형지물에 자신의 모습을 완벽히 감출 수 있어야 한다.

그런데 덩치가 커버리면 아무래도 제약이 생기게 마련이다.

일레인은 짧은 검은색 머리카락에 갈색 눈동자를 지녔다.

사실 머리카락도 갈색이지만, 검은색이 어둠에 숨어 활동하기에 더 좋아 일부러 염색을 하고 다닌다.

그래서 가끔 주변 사람들이 차라리 학센처럼 머리를 박박 깎으라 하지만, 일레인은 스타일까지 포기할 순 없다며 이를 거절했다.

더군다나 학센은 머리를 민 게 아니라 원래 대머리였다.

"역시 일레인밖에 없어!"

람이 자신을 도와준 일레인에게 다가와 안기려 했다.

한데 그 순간 일레인의 모습이 귀신같이 사라졌다.

"어? 또 사라졌어!"

일레인은 홀의 기둥 뒤에서 모습을 드러냈다.

"난 아리나한테 널 괴롭히지 말라고 했지, 너랑 놀아준다고 한 적은 없어."

"치사해~ 베에~!"

람이 일레인에게 혀를 낼름 내밀었다.

"어른한테 그러는 거 아닙니다. 버르장머리 없이."

딱딱하고 지극히 사무적인 어투로 람에게 충고를 한 사람은 십존 서열 8위, 레인저킹 제니아 보하르였다.

분명히 아리나 못지않게 예쁜 얼굴을 가졌지만 차가워 보이는 인상에다, 얼굴에 주름이 많아서 이성에게 큰 어필이 되지는 않는 외모였다.

그녀의 직업은 레인저로, 가르테아 제국에서 특수 훈련을 받은 군인이었다.

세상에서 그녀가 못 다루는 무기는 아무것도 없었다.

궁(弓), 봉(棒), 창(槍), 검(劍), 편(鞭), 독(毒) 그리고 암기까지 모두 발군의 실력을 자랑한다.

무기가 없으면 만들어서라도 사용하고 그것조차 없으면 격투술로 상대를 제압한다.

어찌 보면 주변상황의 영향을 가장 적게 받으면서 싸울 수 있는 이가 바로 제니아였다.

그녀는 군인출신인지라 예의범절과 군기를 중요시했다.

때문에 천둥벌거숭이인 람과는 상성이 가장 맞지 않았다.

람도 제니아를 크게 좋아하지 않았다.

"제니아도 베에~!"

람이 제니아에게 혀를 내밀었다.

순간 제니아의 눈이 희번뜩거렸다.

그녀의 손에 언제 꺼낸 것인지 표창이 들려 있었다.

람이 이를 눈치채고 도망치려는 순간, 누군가 다가와 제니아의 팔목을 낚아챘다.

람이 히죽 웃으며 제니아를 조롱하듯 엉덩이춤을 췄다.

제니아가 자신의 손목을 잡은 이를 바라봤다.

"정신연령이 유아기나 다름없는 녀석을 상대로 이러면 되겠어?"

더 없이 친절하고 표정과 부드러운 음성으로 제니아를 제지한 이는 십존 서열 2위 광제(狂帝) 모디안 판트였다.

하지만 겉모습과는 달리 그는 십존 중 제일 광기가 충만한 사람이었다.

오죽하면 그의 별호가 광제이겠는가?

피 보는 걸 누구보다 좋아하고, 한 번 싸움이 붙으면 상대방을 살려두는 경우가 없었다.

손속이 잔인하기로 유명했다.

모디안은 거대한 바스타드 소드를 다루는데, 일단 붙어서 지는 경우엔 다져진 고기가 되어버린다.

더불어 오러 마스터다.

제니아는 모디안의 저 사람 좋은 척하는 미소가 정말로 소름끼쳤다.

같은 동료이지만 영 정이 가지 않는 인간이 모디안이었다.

"주목."

그때 지금껏 묵묵히 있던 사십 중반의 사내가 입을 열었다.

그러자 모든이의 시선이 약속이라도 한 듯 그에게 향했다.

단 한마디만으로 개성 강한 십존의 일원들을 제압해 버린 사내는 십존 서열 1위 검황 아티모르 마렌이었다.

그는 드워프들의 손에서 탄생한 보검 라우렌을 사용하는 자로, 오러 마스터였다.

그가 라우렌을 들면 어떤 이도 이길 수 없었다.

십존의 모든 인물들이 그와 한 번씩 전투를 치뤘었다.

하지만 전부 참혹하게 패할 뿐이었다.

명실상부 대륙 십존의 우두머리 역할을 하고 있는 아티모르는 십존들이 뿔뿔이 흩어지지 않고 한 자리에 모이게끔 만든 장본인이기도 했다.

기품이 느껴지는 중후한 외모에 뒤로 깔끔히 넘긴 금발과 벽안이 인상적이었다.

키는 적당히 컸으며 전신엔 오로지 전투에 필요한 근육들로 들어차 완벽한 균형이 잡혀 있었다.

"루틴에게서 전갈이 내려왔다."

"정말? 뭐래?"

지루하다고 노래를 부르던 실리안이 반색하며 물었다.

"성으로 오라더군."

"야호! 성에 간다~! 저번처럼 맛있는 거 잔뜩 나오겠지?"

원숭이처럼 방방 뛰는 람의 뒷목을 아리나가 움켜쥐었다.

"저번처럼 뛰어다니다 성에 있는 장식품 깨뜨리면 너도 똑같이 만들어 버릴 거야. 알았지?"

무서운 이야기를 하며 미소 짓는 아리나의 얼굴은 람에게 악마와 다름없었다.

꿀꺽!

람이 마른침을 삼켰다.

"하아… 그냥 안가면 안 돼? 쓸데없이 또 파티나 벌이자는 거겠지. 귀찮아."

가르틴은 만사가 귀찮아서 고개를 절레절레 저었다.

"가르틴. 게르갈드의 객으로 있으면서 국왕의 초대를 거절하는 건 예의가 아닙니다. 가야 해요."

역시나 지독한 원칙주의자인 제니아가 가르틴의 태도를 꼬집었다.

"파티도 좋고 뭐도 좋다! 다 좋다 이거야! 이번엔 제발 그럴듯한 임무 좀 내려줬으면 좋겠다! 그래야 우리도 목적을 달성하고 여길 뜰 거 아냐!"

학센의 말에 일순간 좌중이 고요해졌다.

그가 말하는 목적이라는 것이 무엇인지 다들 너무나도 잘 알고 있기 때문이다.

모두의 시선이 아티모르의 등 뒤로 향했다.

언제 어느 때나 항상 아티모르의 등 뒤에 서서 미소를 짓고 있던 아리따운 여인이 생각나서였다.

십존의 서열 7위이자 아티모르의 여동생이었던 다리아 마렌.

서로가 늙어 죽기 전까진 영원히 함께일 줄 알았건만 야속하게도 그녀는 2년 전 세상을 떠났다.

바로 그라함 왕국 전역을 공포에 떨게 만들었던 아그니 병에 걸려서.

그라함 왕국 사람들 중 이 병에 걸린 이들 십 퍼센트가 사망했으나, 다행히도 레나의 미라클 플라워가 대량 공급되며 나머지는 목숨을 구하게 되었다.

하지만 당시 아티모르는 미라클 플라워의 존재를 알지 못했다.

사실, 다리아가 아그니 병에 걸리게 된 건, 2년 전 아티모르와 함께 그라함 왕국을 방문했었기 때문이다.

그때는 한참 아그니 병이 활동을 시작하려 할 때였다.

이후 그라함 왕국을 떠나서 다른 십존들이 은거하며 살아가는 숲으로 향하던 와중 아그니 병이 발병했고, 다리아는 차가운 대지 위에서 숨을 거두었다.

아티모르는 그 충격에 몇 달을 힘들어 했다.

식음을 전폐하고 잠도 자지 않았다.

아무리 그가 초인의 영역에 들어선 사람이라 해도 그 정도까지 스스로를 괴롭히니 생명이 위험할 지경이었다.

결국 동료들이 끈질기게 그를 챙겨 겨우 몸상태를 회복하긴 했으나 이후로 말수가 부쩍 적어졌다.

잘 웃던 그의 입가에 미소가 사라졌다.

미라클 플라워에 대한 소문은 나중에 들어 알게 되었다.

미리 그 꽃에 대해 알았더라면 동생을 잃지 않아도 되었을 텐데, 하는 자책감이 더더욱 그를 괴롭혔다.

아티모르는 어떻게든 동생을 되살리고 싶었다.

무언가 방법이 있을 것이다.

금단의 마법이든, 주술이든, 동생을 살리는 방법이 이그드라엘 대륙 어딘가엔 존재할 것이다.

아티모르는 그렇게 믿고서 여기저기를 떠돌아 다녔다.

그러다 들르게 된 마도국에서 흑마법사들이 죽은 자를 되살리는 마법을 사용한다는 걸 알았다.

사령술사처럼 좀비나 구울의 형태로 시체를 되살리는 것이 아니라 살아생전의 모습 그대로, 영원히 살 수 있는 '그랜드 리치'로서 말이다.

그랜드 리치는 리치의 업그레이드판이다.

몇 년 전 아르디엔이 사자의 땅 오시리스에서 리치들을 토벌했던 적이 있었다.

당시의 리치들은 뼈만 앙상한 형상이었다.

하지만 그랜드 리치는 오장육부와 피부까지 완벽하게 갖춘 채로 되살아날 수 있게 만들어준다.

또 한 가지 그랜드 리치와 리치가 다른 점은 리치는 살아있는 흑마법사만을 대상으로 만들 수 있다.

한데 그랜드 리치는 이미 죽은 사람들도 부활시킬 수 있다.

그리고 죽은 이가 흑마법사가 아니어도 상관이 없다.

하지만 마도국의 그 누구도 그랜드 리치를 만들어내거나 하진 않았다.

그것은 금제의 마법이기 때문이다.

마도국 내에서는 리치 자체도 탐탁스러워하지 않는다.

한데 그랜드 리치는 오죽하겠는가.

그래도 아티모르는 일말의 희망을 가지고서 루틴을 만났다.

루틴에게 자신의 사정을 설명하고 동생을 그랜드 리치로 만들어 부활시켜 달라 간청했다.

그에 루틴은 아티모르에게 한 가지 제안을 했다.

"자네가 다른 십존들의 우두머리로서 그들을 한데 모아 같이 지내고 있다는 걸 안다네. 그들을 모두 데리고 일 년 후, 마도국으로 오게. 자네들이 지낼 수 있는 저택을 지어줄 테니, 그 곳에서 머물도록 하게. 내 시일이 흐르다 보면 필시 자네의 도움이 필요할 때가 올 것이야. 그때 내가 청하는 것을 하나 들어준다면 자네의 청도 들어주겠네."

아티모르는 두 번 생각할 것도 없이 그러겠다 약조했다.

이후, 동료들에게 사실을 설명했다.

동료들은 아티모르가 다리아를 얼마나 아끼는지 잘 알고 있었다.

단 한 명도 아티모르의 제안에 거절 없이 응했다.

그렇게 해서 십존들은 마도국으로 오게 된 것이다.

1년 동안 루틴은 십존들에게 아무런 부탁도 하지 않았다.

그저 가끔씩 성으로 불러 파티를 즐기게끔 해줬을 뿐이다.

그래서 아티모르는 이번엔 루틴이 파티 같은 거나 열지 말고, 청을 내려주었으면 했다.

"여기서 이러고 있어봤자 답이 나오는 것도 아닌데, 성으로 가보지 뭐."

기둥 뒤에 서 있던 일레인이 말했다.

아티모르가 고개를 끄덕이고서 몸을 일으켰다.

그의 뒤를 따라 십존들이 바할파세드의 홀을 나섰다.

*　　*　　*

루틴은 자신의 방을 찾은 십존들을 기쁘게 맞이했다.

"안녕들 하신가."

십존들은 루틴의 허락도 받지 않고 소파에 아무렇게나 자리를 차지하고 앉았다.

마음만 먹으면 루틴 정도는 십존들이 얼마든지 잡아 누를 수 있었다.

그러니 아무리 그가 한 나라의 국왕이라 해도 예의를 차리지 않았다.

물론 예의범절에 엄격한 제니아는 예외였다.

그녀는 루틴의 허락이 떨어지지 않은 상황에서는 절대 소파에 앉지도 멋대로 행동하지도 않았다.

비단 루틴뿐만이 아니라 평민의 집을 방문한다 하더라도 그랬을 것이다.

"역시 자네들은 편해서 좋아. 제니아도 편히 앉지."

루틴이 미소 지으며 말했다.

"그럼 실례하겠습니다."

제니아까지 소파에 앉자 루틴이 본론을 꺼내들었다.

"지금까지 저택에서 시간만 보내느라 많이 지루했을 거야. 자네들을 달래준다고 가끔 파티를 열긴 했지만 그 정도는 별다른 유희거리가 되지 않았겠지."

루틴의 얘기에서 때가 왔다는 걸 십존들은 알 수 있었다.

"부탁할 일이 생겼나?"

아티모르가 물었다.

"그렇다네."

"무엇인지 말만 하게. 내 다 들어줄 테니."

루틴의 입가에 맺힌 미소가 더욱 진해졌다.

그가 살짝 뜸을 들인 후 말했다.

"그라함 왕국에 아르디엔 하멜 후작이라는 자를 아나?"

아티모르가 고개를 끄덕였다.

아티모르뿐만 아니라 다른 십존들도 아르디엔에 대한 소문을 익히 들어 알고 있었다.

그 소문을 십존들에게 전해준 것이 바로 아티모르였기 때문이다.

아티모르는 동생 다이라가 죽음을 맞은 이후, 레나 하리아멜이 미라클 플라워를 만들어 아그니 병에 걸린 사람들을 살렸다는 걸 알았다.

그리고 그 레나를 후원해 주는 이가 아르디엔이라는 것 역시 알게 되었다.

때문에 아티모르는 비록 자신의 동생은 살리지 못했어도, 이런 훌륭한 일을 한 아르디엔과 레나를 높이 평가하고 있었다.

한데 루틴의 입에서 그 이름이 나오자 갑자기 불안감이 엄습했다.

"그를… 죽여줘야겠네."

"하멜 후작을?"

아티모르의 시선에서 망설임을 읽은 루틴이 고개를 모로 꺾었다.

"왜? 힘든가?"

아티모르는 사적인 감정을 떨쳐 버리기로 했다.

그가 아무리 대단한 일을 했다고 해도 일면식조차 없는 남일 뿐이다.

지금 그에게는 동생을 살리는 것이 우선이다.

"아니, 전혀. 하멜 후작의 수급을 가져오면 되겠나?"

"더할 나위 없이 좋지."

"당장 그라함 왕국으로 떠나겠네."

"그래주겠나? 여행에 필요한 여비와 물자들은 충분히 지원해 주겠네. 그 외에도 필요한 게 있다면 얼마든지 말하게."

"그런 건 제니아가 정리해서 얘기해 줄 걸세. 나머지는 나와 먼저 저택으로 가서 떠날 채비를 하지."

아티모르는 루틴에게 인사도 없이 방을 나섰다.

제니아를 제외한 다른 십존들도 마찬가지였다.

그들이 모두 떠나자 홀로 남은 제니아가 루틴에게 고개 숙여 사죄했다.

"죄송합니다. 이해하세요. 십존이라는 사람들은 원체 예의를 모르는지라."

"그런 사소한 것에 신경 쓰지 않으니 걱정 말게. 그나저나 자네는 군인 출신이라 그런지 볼 때마다 정말 예의에 한치도 어긋남이 없이 행동하는군."

"당연한 일을 할 뿐입니다."

"그래, 떠나는데 무엇이 필요하겠는가?"

"우선……."

*　　　*　　　*

제니아가 성에서 보낸 짐꾼 세 명과 함께 여행 물자와 여비를 챙겨 바할파세드로 돌아왔다.

그동안 십존들은 떠날 준비를 모두 마쳐두었다.

아티모르는 제니아가 합류하자 여행 물자들을 모두에게 적당히 분배했다.

"가자."

아티모르의 한마디에 모두 바할파세드를 나섰다.

대륙 십존이 그라함 왕국을 향해 움직였다.

Chapter 10
각성, 마리엘

마리엘은 요즘 도통 혼자서 잠을 잘 이루지 못했다.

그녀는 자신이 미쳐 버린 건가 싶기도 했다.

하지만 누군가에게 약해 보이기는 싫어서 아무에게도 자신의 상태를 알리지 않았다.

그렇다 보니 크라임의 집에서 함께 잠드는 일도 적어졌다.

전 같았다면 하루 종일 붙어 있어도 더 붙어 있고 싶어 했을 그녀다.

한데, 요즘에는 크라임과 붙어 있기는커녕, 그가 데이트를 하자고 청해도 거절하기 바빴다. 잠도 항상 그녀의 집으로 와서 잤다.

덕분에 크라임은 우울한 나날을 보내고 있었다.

마리엘 역시도 자신의 상태를 얘기할 수 없어 크라임에게 상처를 주는 것이 가슴 아팠다.

그러나 차라리 그게 미친 사람 취급을 받는 것보단 나았다.

마리엘에겐 그만큼 자존심이라는 게 중요했다.

또다시 밤이 찾아왔다.

마리엘은 침대에 제대로 눕지도 못했다.

침대에 올라앉아 벽 쪽에 등을 대고 이불은 목까지 끌어 올렸다.

방에 불은 환히 켜놓았다.

붉게 충혈된 그녀의 눈은 겁에 질려 있었다.

마리엘이 불안하게 사위를 살폈다.

"제발 오늘은 나타나지 마… 제발."

마리엘은 속으로 빌고 또 빌었다. 하지만 그것은 부질없는 일이었다.

스멀스멀 이상한 기운이 느껴졌다.

꼭 '그 일' 이 벌어지기 전에 이토록 기분 나쁜 기운이 그녀를 괴롭히곤 했다.

"이제 정말 지긋지긋하다고!"

마리엘이 소리를 지르는 순간, 침대 시트와 이불을 뚫고 머리하나가 쑥 올라왔다.

"꺄아아악! 나왔다아아!"

마리엘이 놀라 소리쳤다.

그녀가 베개를 집어 튀어나온 머리를 후려쳤다.

하지만 그 머리는 아무런 타격도 입지 않았다.

베개는 머리를 그냥 관통하고서 침대 시트만 퍽퍽 때릴 뿐이었다.

당연했다.

푸르스름하게 빛이 나는 반투명한 그 머리는 산 사람이 아니라 유령이었으니까.

유령은 시트를 통과해서 완전히 올라와 마리엘의 앞에 양반다리를 하고 앉더니 입을 뻥긋 거렸다.

뭐라고 열심히 떠드는 것 같긴 한데, 도통 모르겠다.

유령의 목소리는 마리엘에게 전혀 들리지 않았다.

"대체 나한테 왜 이러는 건데!"

하필이면 밤마다 나타나서 괴롭히는 이유를 모르겠다.

아니, 유령이니까 낮에는 나타날 수 없는 건가?

아무튼 이래저래 괴로워 죽을 판이다.

사람이 아닌 녀석이 눈앞에 있는 것도 괴로운데, 쉬지 않고 입은 벙긋거리니 그게 더 공포스럽다.

게다가 멀쩡한 모습도 아니다.

왼쪽 머리는 크게 함몰되어 있고, 가슴은 칼로 수십 번 찔린 듯 걸레처럼 너덜거렸다.

마리엘은 평소에 사람을 많이 죽여본 여인이다.

고작 시체를 보는 것만으로 떨진 않는다.

한데 지금 마리엘의 앞에 있는 건 시체가 아니라 유령이다.

"제발 좀 그만 괴롭히라고!"

이 유령은 어찌 된게 크라임의 집에 있을 때도 밤이 되면 마리엘의 앞에 나타났다.

만약 크라임과 함께 있을 땐, 나타나지 않았다면 마리엘이 굳이 혼자 집에서 밤을 보내려 하지 않았을 것이다.

크라임이 있는 곳에서 유령을 보고 비명을 지르는 여자가 되기 싫었다.

"프리스트라도 찾아가야 하나?"

갑자기 마리엘은 오리진들이 간절해졌다.

그들이라면 이런 유령 쯤 간단하게 퇴치할 수 있을 테니까.

마리엘이 막 미치기 일보직전에 놓인 그때.

"…요?"

"……?!"

유령의 목소리가 조금 들렸다.

"…냐구요?"

이번에는 더 자세히 들렸다.

마리엘이 눈을 크게 뜨고 유령을 바라봤다.

“제 말 안 들리냐구요! 이게 벌써 며칠째야. 아니 왜 볼 수는 있으면서 듣지는 못해요? 지금 당신 아니면 아무도 내 말 들어줄 수 없다구요! 내가 왜 죽은 지 오 년이 넘도록 여기서 이러고 있는 건데요!”

“죽은 지… 오 년이 넘었다고?”

마리엘은 유령이 하는 말을 무심코 따라서 내뱉었다.

“내 말이… 들려요?”

마리엘은 아차 싶었다.

‘내가 왜 말해가지고…….’

하지만 이미 늦었다.

유령은 간절한 표정으로 전보다 더 빠르게 말을 쏟아내고 있었다.

“내 얘기가 들리면 나 좀 도와줘요! 네? 제발 부탁할게요! 나, 이대로 억울하게 저세상으로 가긴 싫단 말이에요! 이제 남은 시간이 얼마 없어요! 앞으로 사흘 후면 내가 죽은 지 딱 오 년째 되는 날이에요. 그때가 되면 어쩔 수 없이 저세상으로 가게 된다구요!”

어찌나 절절하게 얘기하는지 마리엘은 유령이 무섭다는 생각은 잠시 잊고 자세히 그를 관찰했다.

이전까지는 제대로 보지 않아서 몰랐는데, 지금 보니 이제 열일곱 정도 되어 보이는 소년이었다.

들리는 목소리도 이제 막 변성기를 거친 듯했다.

"근데… 대체 뭘 도와달라는 거야? 아, 난 다 모르겠고, 그냥 좀 사라져 주면 안 돼? 아니다. 어차피 사흘 후면 사라진다 그랬지? 잘됐네! 그동안 얼마나 힘들었는지 정말… 너 살아 있었으면 나한테 죽었어."

"한 번만 도와주시면 안 될까요? 죽은 사람 소원도 들어준다는 말이 있잖아요."

"아, 몰라. 대체 나한테 왜 이래? 다른 사람한테 가서 부탁하라고!"

"누나밖에 날 못 보는데 그럼 어떡해요!"

"누가 네 누나야! 죽을래, 진짜?"

"이미 죽었다니까요."

"환장하겠네."

마리엘이 머리를 절레절레 흔들었다.

"도와주세요. 살아생전 얼마나 억울하게 죽었으면 이렇게 산 사람을 붙잡고 매달리겠어요? 제가 불쌍하지도 않으세요?"

"여태껏 너한테 시달린 내가 더 불쌍해, 내가! 그리고 왜 하필이면 밤에만 나타나서 지랄이야, 지랄이."

"전 낮에도 계속 누나한테 말 걸었었어요. 그런데 누나가 밤에만 날 볼 수 있는 걸 어떡하라구요."

"어휴……."

마리엘이 양손으로 귀를 틀어막고 배게에 얼굴을 묻었다.

하지만 소용없었다.

"누나, 제발 좀 도와줘요. 나 이렇게는 도저히 억울해서 그냥 못 간단 말이에요. 네? 제발요. 누나아!"

유령의 목소리는 마치 손을 통과해서 고막에 직접 전달되는 것 같았다.

아무래도 이러다가 미치는 게 아닌가 싶었다.

얼굴을 보는 것만으로도 힘들었는데, 이젠 목소리까지 들리니 정신이 하나도 없었다.

"누나. 진짜 이렇게 무릎 꿇고 부탁할게요. 네? 네? 네? 누나아!"

결국 마리엘이 졌다.

"아, 그래. 알았어. 알았다고! 뭔데? 뭐가 그렇게 억울한지 들어나 보자."

"정말 고마워요, 누나! 정말 고마워요!"

유령이 절을 넙죽넙죽 해댔다.

"됐고. 통성명부터 하자. 너, 이름이 뭐야."

"전… 미첼이라고 해요."

"정말 흔한 이름이네."

"누나는요?"

"마리엘."

"진짜 흔한 이름이네요."

빠직!

마리엘의 이마에 힘줄이 돋았다.

"이게 진짜! 그게 도와달라는 놈 태도야!"

"죄, 죄송해요. 제가 아쉬운 상황이라는 걸 깜빡했어요."

"하아, 말자. 네 사연이나 얼른 말해봐."

마리엘은 빨리 이 녀석의 얘기를 들어준 다음, 무슨 부탁을 해오면 자신이 도와줄 수 있는 일이 아니라는 핑계로 모른 척 할 셈이었다.

미첼은 그런 줄도 모르고 자기 이야기를 시작했다.

"사실 여기는… 제가 살던 집이었어요."

"이 집이?"

"네."

"어쩐지 싸더라니… 사람이 죽어나간 집이라 헐값에 넘겼던 거였어! 내 이놈의 부동산 사장새끼를!"

욕을 내뱉은 마리엘이 갑자기 사라졌다.

"어…? 누나? 어디 갔어요?"

잠시 후, 마리엘은 다시 침대에 나타났다.

그녀의 얼굴은 한결 개운해 보였다.

"후우."

"누나, 방금 어떻게 한 거예요?"

"뭘 어떻게 해?"

"사라졌다 나타났잖아요. 마법사예요?"

"마법 비스무리한 거야."

"아… 근데 어딜 갔다 온 건데요?"

"난 지금 이렇게 시달리는데 저 혼자 속 편히 자고 있는 사장새끼 집에 쳐들어가서 몇 대 쥐어 박아주고 왔어."

"와, 누나 대단하네요."

"계속 딴소리 말고 네 얘기나 해."

"아, 네. 저는 누나랑 단 둘이 이 집에서 살았어요. 부모님은 오래전에 돌아가셨구요."

"남매가 단 둘이… 살았다고?"

"네."

"벌어먹고 살기 힘들었을 텐데."

"누나도, 저도 열심히 일을 했어요. 집은 부모님께서 물려주신 거라 잠잘 곳이 있으니 다른데 사치 부리지 않으면 둘이 먹고 사는 데는 문제가 없었어요."

"흐음… 그랬구나."

마리엘은 점점 유령에 대한 공포감이 사라지고 있었다.

비록 머리가 함몰되고 심장이 걸레처럼 너덜해졌지만, 대화를 나누다 보니 그 또래의 아이들과 별 다를 게 없다고 느껴졌다.

오히려 이제는 살짝 연민마저 들었다.

"당시에 누나는 할레나 영지의 영주인 자벨라 자작의 하녀로 들어가 일을 하고 있었어요."

"응? 영주는 알버트 아니야?"

"그분은 자벨라 자작의 후임으로 오신 거구요. 어떻게 누나는 귀신인 나보다 세상 돌아가는 일을 더 몰라요?"

"…너 확 내가 아는 프리스트 데리고 와서 성불시켜 버린다."

거짓말이다.

마리엘이 아는 프리스트 같은 거 없었다.

그리고 그런 거짓말은 미첼에게도 통하지 않았다.

"아는 프리스트가 있었다면 벌써 데려왔었겠죠."

"아, 정말 피곤하네."

"아무튼 누나가 하녀일을 하며 벌어온 돈이랑 제가 시장의 향신료점에서 아르바이트를 해 벌어온 돈을 합하면 우리 남매가 살아갈 만한 돈은 충분히 벌 수 있었죠. 그땐 그냥 그것만으로 행복했어요."

"잠깐만."

마리엘이 미첼의 말을 끊었다.

미첼이 왜 그러냐는 듯한 시선을 마리엘에게 던졌다.

"향신료점에서 아르바이트를 했었다고?"

"네."

"혹시 그 향신료점 주인 이름이 커틀렉이니?"

"맞아요. 지금 누나랑 사귀는 그 아저씨요. 근데 누나는 크라임이라고 부르더라구요."

이 무슨 운명의 장난인가 싶었다.

말인 즉, 크라임은 살아생전의 미첼과 이미 연이 닿아 있었다.

"그리 오래 아르바이트를 하진 못했어요. 원래 정육점에서 일을 하다가 거기 사정이 어려워지는 바람에 향신료점으로 옮긴 거거든요. 그런데 아르바이트를 한 지 딱 일주일 만에 전 죽고 말았죠."

참 기구했다.

어쩜 이런 식으로 관계가 얽힐 수 있는지.

옷깃만 스쳐도 인연이라는데, 이것도 무슨 인연은 인연인 모양이었다.

"계속 얘기해 봐."

"아무튼 그렇게 잘 지내고 있었는데 하루는 누나가 눈이 발갛게 충혈되서 들어왔어요. 그리고 힘이 하나도 없어 보였어요. 늘 밝기만 한 누나였는데… 전 이상해서 무슨 일이 있는 거냐고 물어봤는데, 누나는 아무 일도 아니라고 했죠."

마리엘은 앞으로 진행될 상황이 어느 정도 예상되었다.

하지만 잠자코 미첼의 이야기를 들었다.

"그렇게 한 사흘 정도 누나는 계속 힘없는 모습으로 돌아왔어요. 그런데 어느 날… 잠을 자던 누나가 심하게 잠꼬대를 했어요. 누나는 펑펑 울면서 애절하게 소리쳤어요. …이러지 말라고. 자기는 자작님의 몸시중을 들러 온 게 아니라고……."

빠드득.

그 대목에서 마리엘이 이를 갈았다.

"이런 개새끼."

자기도 모르게 욕이 튀어나왔다.

미첼은 눈물을 훔치며 계속 말을 이어나갔다.

"맞아요. 자벨라 자작이 누나를 겁탈한 거예요. 난 누나를 깨워서 지금까지 무슨 일이 있었는지 전부 물었어요. 누나는 처음엔 서럽게 울기만 하다가 모든 걸 얘기해줬어요. 얼마 전부터 자벨라 자작이 누나를 자꾸 침실로 불렀다고. 누나는 당장 일을 때려치우고 다른 일을 구하고 싶었는데 그럴 수도 없었대요. 자벨라 자작이 절 들먹이면서 협박을 했다는 거예요. 동생이 무사하길 바라면 다른 생각 말라고……."

마리엘은 혈압이 올라 얼굴이 붉어졌다.

도저히 용서할 수 없는 부류의 인간이 바로 그런 놈들이다.

힘들게 사는 남매를 도와주지는 못할망정 누나의 겁탈하고 그것도 모자라 동생의 안전을 빌미로 협박을 해?

처음엔 그냥 이야기만 들어주고 말아야겠다는 생각이었는데 이제는 아니었다.

"그래서? 어떻게 했어?"

"다음날부터 누나한테 일을 나가지 말라고 했어요. 그리고 제가 자벨라 자작을 찾아갔어요. 하지만 자벨라 자작은 날 만나주지 않았어요. 아니, 저택의 정원에도 발을 들여놓지 못했어요. 그게 너무 화가 나서 전 자벨라 자작이 우리 누나한테 한 짓을 온 동네에 퍼뜨리기 시작했어요. 그런데… 그랬는데……."

미첼이 쉽게 말을 잇지 못하고서 주먹을 꽉 쥐었다.

마리엘은 미첼을 재촉하지 않고 끈기 있게 기다렸다.

"후우우."

숨을 길게 내뱉은 미첼이 마음을 진정시키고 다시 입을 열었다.

"그렇게 나흘 동안 정신없이 소문을 퍼뜨리고 집에 돌아왔는데… 누나는 목을 맨 채 죽어 있었어요. 하지만… 전 그게 자살 같지 않았어요. 몸 여기저기에 멍자국이 있었거든요. 무엇보다 누나는 아무리 힘든 일이 있어도 절 두고 혼자 죽어버릴 만큼 책임감 없는 사람이 아니었어요. 그건 분명 자벨라 자작이 저지른 일이었어요."

미첼의 말 한마디 한마디가 마리엘의 가슴에 절절히 다가왔다.

마리엘도 소중했던 사람을 잃어봤다.

그랬기에 그 아픔을 누구보다 더 크게 공감할 수 있었다.

"전 완전히 눈이 돌아갔어요. 무작정 집 안에 있던 식칼을 들고 밖으로 나갔어요. 자벨라 자작의 저택으로 달려가서 난동을 부렸죠. 문을 지키는 사병들이 창으로 절 협박했어요. 하지만 막무가내로 문을 열라고, 자벨라 자작을 죽여 버리겠다고 소리쳤어요. 그런데 자벨라 자작이 저택에서 나왔어요. 그는 정원을 걸어와 철문 앞에 서서 날 노려봤죠. 그러다 씩 웃더니 사병들에게 절 귀족 모독죄로 즉결 처형하라 명했어요."

"그때… 이렇게 된 거니?"

"네. 사병이 창으로 제 심장을 찔렀고, 창대로 머리를 으깼어요. 고통이 밀려오는 순간 갑자기 의식이 끊기더니 피를 흘리며 바닥에 쓰러진 제가 보였어요. 죽은 거죠. 그런데 자벨라 자작은 철문을 열고 나와 사병의 창을 빼앗더니 이미 죽어버린 제 가슴을 마구 찔러서 헤집어놨어요."

"……."

마리엘은 순간 분노를 참지 못하고 벽을 후려칠 뻔했다.

하지만 참았다.

"그렇게 억울한 일을 당한 누나와 저는 저세상에 가지 못하고서 이승을 맴돌았어요. 그런데 삼 년 전… 파보츠 마을에 오게된 아렌이라는 남자가 자벨라 자작을 혼내서 작위까지 박탈시켜 내쫓았어요. 그분이 지금의 하멜 후작님이죠."

"아르디엔이?"

"네."

아르디엔은 파보츠에 처음 왔을 때, 아로아를 만났다.

그리고 그녀를 괴롭히던 폭력 조직을 박살 냈다. 이후 폭력 조직의 뒤를 봐주던 자벨라 자작까지도 혼을 내서 내쫓아 버렸다.

"누나는 그 사건이 있은 후, 하늘이 우리 대신 고마운 분을 보내 자벨라 자작을 혼내주었다며 이제 우리가 갈 곳으로 가자고 했어요. 하지만 전 그럴 수가 없었어요. 우리 남매는 그렇게 억울한 일을 당하고 죽었는데, 자벨라 자작은 아직도 살아 있잖아요. 그게 말이 돼요?"

"말이 안 돼지. 절대로."

"누나는 나더러 어리석다고 했어요. 제가 끝까지 안 가겠다고 하니, 먼저 가서 기다릴 테니 더는 고집 부리지 말고 오라며 저세상으로 가버렸죠. 그렇게 하면 저도 따라갈 거라 생각했나 봐요. 하지만 전 가지 않았어요. 정말 신이 존재한다면 이 억울함을 마저 풀어줄 사람을 보내줄 거라 생각했죠. 그런데 누나가 나타난 거예요."

미첼이 마리엘을 가리켰다.

"누나… 저 좀 도와주세요."

미첼이 닭똥 같은 눈물을 뚝뚝 흘렸다. 그리고 자신의 왼쪽 가슴을 어루만졌다.

"아직도 전… 여기가 너무 아파요. 아파서 매일 울어요. 저 좀 도와주세요, 누나."

마리엘이 고개를 끄덕였다.

"내가 어떻게 해줄까."

"…네?"

미첼이 놀란 눈으로 마리엘을 바라봤다.

"도와주겠다고. 내가 어떻게 해주면 되겠냐고."

한동안 멍하니 있던 미첼이 독기 어린 얼굴로 한 자 한 자 씹어뱉었다.

"자벨라 자작을… 찾아내서 죽여주세요."

*　　*　　*

아침이 됐다.

어젯밤, 미첼은 자신의 이야기를 모두 하고서 사라졌다.

하지만 마리엘은 잠을 이루지 못했다.

한 번도 본 적 없는 자벨라 자작이라는 놈에게 분노가 솟구쳤기 때문이다.

마리엘은 해가 떠오르자마자 크라임을 찾았다.

크라임은 여태껏 자신을 피하던 마리엘이 직접 찾아오자 대단히 기뻐했다.

"마리엘! 내 사랑! 이제 이유 없는 방황을 끝낸 거야?"

다짜고짜 키스를 하려는 크라임을 만류한 마리엘이 물었다.

"크라임. 미첼이라는 애 기억해?"

"미첼?"

"응. 오 년 전, 향신료점에서 일주일 정도 아르바이트 했었던."

"아, 기억나. 그런데… 그 애를 마리엘이 어떻게 알아?"

마리엘이 크라임의 손을 꼭 잡았다.

"크라임."

"얘기해."

"내가 무슨 말을 해도 이상하게 생각하면 안 돼."

"절대 그럴 일은 없을 거야."

크라임이 호언장담을 했지만, 마리엘은 내심 불안했다.

그녀가 심호흡을 하고서 마음을 다잡은 뒤, 고백했다.

"나… 실은 얼마 전부터 귀신이 보여."

"…뭐?"

"귀신이 보인다고."

"갑자기 그게 무슨 소리야?"

"말 그대로야. 귀신이 보여. 그래서 미첼을 볼 수 있었어."

크라임은 좀 혼란스러운 듯 아무 말이 없었다.

"역시 내가 이상한 것 같아?"

"아니, 아니 그렇지 않아. 다만 상황 설명을 좀 자세히 들었으면 좋겠어."

마리엘은 그동안 일어났던 일과 미첼의 사정에 대해서 모든 것을 얘기해 주었다.

이를 다 듣고 난 크라임은 적잖이 충격에 빠졌다.

미첼의 사연도 그렇고 마리엘이 유령을 보게 된 것도 그러했다.

한데 곰곰이 생각하다 보니 그 두 개 중 하나의 의문을 풀리는 것 같았다.

"마리엘. 얼마 전부터 유령을 보게 됐다 그랬지?"

"응."

"처음에는 모습만 보이다가 나중엔 소리까지 듣게 됐고."

"그래."

"네가 사령술사나 프리스트가 아닌 이상 유령을 볼 수는 없어."

"그런데 왜 보이는 거야?"

"뇌파."

"뇌… 파?"

"요즘 뇌파수련 계속 해왔어?"

"응. 빼먹지 않고 했지. 더 강해지고 싶은 건 모든 여자의 욕망 아니야?"

모든 여자의 욕망은 더 예뻐지고 싶은 것이겠지, 라고 말하려던 걸 크라임은 참았다.

"아무래도 네가 유령을 보게 된 건 뇌파의 두 번째 능력을 각성하게 된 것 같아."

"유령을 보는 게 내… 두 번째 능력이라고?"

"그게 아니라면 설명이 안 돼. 그 능력이 강해질수록 유령이 점차 자주 보이게 되고, 목소리까지 들리게 되는 거야."

"하지만 유령은 내가 원하지 않을 때에 제멋대로 나타났다가 제멋대로 사라지고 그랬어. 그것도 밤에만."

"뇌파는 보통 낮보다 밤에 더 강해져. 그리고 처음 능력을 각성하게 되면 내 의지대로 잘 발휘되지 않지. 너도 겪어 본 일이잖아. 잊었어?"

크라임의 말이 맞았다.

그리고 마리엘은 좌절했다.

"맙소사. 내가 각성한 두 번째 능력이 고작 귀신을 보는 것이라니."

엄청난 충격에 비틀거리는 마리엘을 크라임이 얼른 부축했다.

"너무 실망하지 마, 마리엘."

"실망 안하게 생겼어? 귀신 따위 봐서 뭘 한다고. 다른 놈들은 불도 다르고, 번개도 다루고, 별의별 능력을 다 각성하던데 왜 난 고작 유령을 보는 거냐고."

"그 덕분에 미첼의 억울함을 풀어줄 수 있게 됐잖아."

크라임의 말에 마리엘은 머리를 크게 한 방 얻어맞은 얼굴이 되었다.

크라임이 마리엘의 머리를 쓰다듬으며 빙그레 미소 지었다.

"그건 마리엘이 아니면 누구도 할 수 없는 일이었어. 마리엘은 지금 세상에서 가장 위대한 일을 하고 있는 거야."

갑자기 크라임에게서 후광이 이는 것 같은 착각이 들었다.

"크라임……."

감동하는 마리엘을 크라임은 꽉 끌어안았다.

그리고 그녀의 귀에 속삭였다.

“자벨라가 어디에서 뭐하고 있는지 내가 알아봐 줄게. 도둑 길드 녀석들을 풀면, 이틀 내에 정보를 얻을 수 있어.”

“하루. 하루 만에 얻어야 돼. 어젯밤에 사흘 후에 저세상으로 가야 한다고 했어. 하루가 지났으니 이제 미첼에겐 이틀밖에 남지 않았어.”

“하루. 그래. 집에 가서 조금만 기다리고 있어.”

“응.”

*　　　*　　　*

그날 밤.

크라임은 도둑길드의 정보원에게 자벨라가 사는 곳을 알아내어 마리엘을 찾아왔다.

하지만 크라임의 표정은 밝지 못했다.

“마리엘. 자벨라가 어디에 있는지 알았어.”

“정말? 어딘데?”

“근데 그곳이 두엘라야.”

두엘라는 잔타로 영지에 있다.

파보츠에서는 말로 달려도 족히 일주일이 걸린다.

크라임이 혹시나 하는 얼굴로 마리엘에게 물었다.

“가본 적 있어?”

마리엘의 능력은 공간이동이다.

하지만 가본 적 없는 지역으로는 갈 수가 없다.

그때 미첼이 나타났다.

마리엘의 두 번째 능력이 제멋대로 발현된 것이다.

"누나! 어떻게 해요? 저 이제 하루밖에 못 있는데, 두엘라는 너무 멀잖아요! 하루 만에 갈 수 없잖아요!"

마리엘이 미첼을 보고 싱긋 웃었다.

"갈 수 있어."

그에 크라임이 마리엘에게 물었다.

"지금… 미첼과 대화한 거야?"

"응. 미첼이 반갑다고 전해달래. 그런데 상황이 너무 다급해서 많이 반가워하진 못하겠대."

"나도 반갑다고 전해줘. 그보다 마리엘. 방금 갈 수 있다고 한 거지? 두엘라에 가 본 적이 있는 거야?"

"예전에 라우덴에서 도망친 아르디엔 잡겠다고 여기저기 들쑤시다가 들른 적 있어."

"다행이네."

마리엘이 미첼에게 물었다.

"미첼. 넌 두엘라로 바로 올 수 있어?"

"네. 어디든 제가 가봤던 곳이면 생각하는 것만으로 당장 이동할 수 있어요."

마리엘이 피식 웃었다.

"그건 꼭 내 능력 같네."

"누나는 그 갑자기 사라지는 기술로 두엘라에 가는 거예요?"

"그래. 그럼 두엘라에서 보자."

마리엘이 크라임의 손을 잡았다. 그리고 두 사람은 사라졌다. 미첼도 덩달아 사라지고, 마리엘의 집엔 적막함이 내려앉았다.

*   *   *

자벨라는 두엘라에서 작은 저택을 얻어 살고 있었다.

자작의 작위를 잃고서 거지가 된 그였지만 못된 짓에는 일가견이 있었다.

아무것도 가진 것은 없었지만 그에겐 사람을 홀리는 현란한 혀가 있었다. 그 혀로 들르는 마을마다 사기를 쳐 자금을 불렸다.

그리고 두엘라에 정착해 모아둔 자금으로 부릴 수 있는 사람을 산 뒤, 인신매매를 하며 하루하루를 이어나갔다.

그러다 보니 처음에는 여관 생활을 했지만 지금은 작은 저택을 살 수 있었다.

모아둔 돈도 꽤 됐다.

나중에 더 좋은 저택으로 이사하기 위한 자금이었다.

자벨라는 오늘도 사람을 팔아 번 돈으로 술판을 벌이고서 거하게 취해 잠을 자는 중이었다.

한데 그런 자벨라의 집으로 불청객들이 찾아 들었다.

크라임과 마리엘이었다.

그리고 마리엘에게만 보이지만 미첼도 함께였다.

"드르렁~! 드르렁~!"

자벨라는 세상모르고 잠들어 있었다.

마리엘이 크라임을 바라보았다. 그가 천천히 고개를 끄덕였다. 마리엘의 손으로 끝을 내라는 뜻이다.

그녀가 크라임의 손을 한 번 꼭 잡았다.

자신의 한 마디에 군소리 없이 자벨라의 거처를 알아와 준 게 고마워서였다.

그런데 그 순간 크라임은 헛숨을 들이켰다.

마리엘이 놀라서 그를 쏘아봤다.

그녀가 입만 벙긋거려 말을 전했다.

'왜 그래?

크라임도 입을 벙긋거렸다.

'미첼이 보여.'

'뭐? 미첼이 보인다고?

크라임이 고개를 끄덕였다.

마리엘은 어째서 크라임에게 미첼이 보이게 된 건지 알 수가 없었다.

그러다 꼭 잡고 있는 두 사람의 손이 보였다.

혹시나 하는 마음에 마리엘이 손을 놓았다.

그리고 물었다.

'지금은?'

크라임이 고개를 저었다.

안 보인다는 뜻이다.

마리엘이 다시 크라임의 손을 잡았다.

'다시 보여.'

크라임이 입을 벙긋거렸다.

'나와 접촉을 하면 내가 보는 유령을 볼 수 있는 거야.'

새로운 사실을 알게 된 마리엘은 자벨라를 단숨에 죽이려던 계획을 바꿨다.

그녀가 허리에 감아둔 채찍을 풀어 휘둘렀다.

쐐애애애액!

매섭게 날아간 채찍이 잠든 자벨라의 목을 휘감았다.

"컥!"

느닷없는 공격에 자벨라가 놀라서 눈을 떴다.

"켁! 케헤엑!"

그가 목에 감긴 채찍을 풀려고 안간힘을 썼다. 하지만 소용없었다.

마리엘이 채찍을 휙 당기자 자벨라의 육중한 몸이 침대에서 굴러 떨어졌다.

콰당탕!

"크허! 꺼허!"

자벨라는 지금 이게 무슨 상황인지 인지하지 못했다.

마리엘이 채찍을 휙 털자, 자벨라의 몸이 허공으로 붕 떴다가 바닥에 처박혔다.

"커윽!"

자벨라의 눈에서 별이 번쩍였다.

마리엘이 정신을 못 차리는 자벨라에게 다가갔다.

"잘 잤어?"

그제야 마리엘을 발견한 자벨라는 공포에 바들바들 떨었다.

"누, 누구십니까?"

"너 죽이러 온 사람."

"저, 저를 죽이다니요! 저는 평범한 시민입니다. 아무 죄도 짓지 않고 살아왔습니다. 그런데 무슨 이유로 이러시는 겁니까."

자벨라가 뻔뻔스럽게도 거짓말을 늘어놓았다.

"아, 그래? 근데 만약 죄지은 게 있으면?"

"그, 그때는 언제든지 제 목을 가져가셔도 좋습니다. 하지만 아무런 죄도 없는 절 이렇게 핍박하는 건 아니라고 생각합니다!"

자벨라는 일단 이 순간만 모면하자는 생각이었다.

마리엘이 사나운 미소를 지었다. 그녀의 손이 자벨라의 귀를 세게 잡아 당겼다.

"으아악! 아, 아픕니다! 그, 그만!"

"돼지 멱따는 소리 그만 내뱉고 앞을 잘 봐."

"네? 아, 앞은 왜… 커헉!"

자벨라는 심장이 멎는 줄 알았다.

그의 앞엔 반투명한 몸을 가진 유령이 서 있었다.

"저, 저게 대, 대, 대, 대체 뭡니까? 유, 유령입니까?"

"그래. 유령이야."

"다, 당신은 누구십니까? 왜 저한테 이런걸 보여주시는 겁니까!"

그 말에 마리엘이 자벨라의 뺨을 후렸다.

짝!

"크헉!"

자벨라의 입에서 피묻은 어금니 두 개가 튀어나왔다.

"몰라서 물어? 잘 봐. 저 유령이 누구인지."

자벨라는 시키는 대로 하지 않다간 죽겠다 싶어, 눈에 힘을 주고 유령을 살폈다.

머리가 함몰되고 심장이 파헤쳐진 것이 보기가 흉했다.

도저히 맨정신으로는 바라보기가 힘들었다.

게다가 저건 유령이지 않은가?

맨정신인 사람이 어찌 유령을 보고서 침착할 수 있겠는가.

한데… 계속 보다 보니 어쩐지 낯이 익었다.

어디에서 저 유령을 봤더라?

곰곰이 생각하던 자벨라의 머릿속에 오 년 전, 어떤 작은 사건 하나가 떠올랐다.

"헉!"

자벨라가 헛숨을 내뱉었다.

"그래, 이제 네 죄를 알겠어?"

"자, 잠깐만! 잠깐 기다려 주세요! 저는 죄를 짓지 않았습니다! 저, 저 유령이 산 자를 홀려 요상한 짓거리를 꾸미려 하는 모양인데, 절대로 전 죄를 짓지 않았어요!"

"거짓말!"

미첼이 소리쳤다.

그의 목소리는 자벨라에게도 똑똑히 들렸다.

"거짓말이라니!"

"네가 우리 누나를 겁탈하고 죽였잖아!"

"너희 누나는 자살한 거다!"

"그걸… 어떻게 아는데?"

"뭐?"

"우리 누나가 목 매단 채로 죽어 있는 거 나밖에 못 봤어. 그리고 내가 죽은 다음에 동네 사람들도 누나는 누군가에게 맞아 죽은 거라고 얘기했었어. 소문이 그렇게 퍼졌어. 누구도 누나가 자살했다고 말하지 않았어. 그런데 네가 어떻게… 어떻게 누나가 자살한 거라고 말할 수 있는 거야!"

자벨라 자작이 미첼의 누나를 자살한 것처럼 꾸미지 않은 이상 그런 말을 할 수는 없었다.

"자꾸 그런 식으로 생사람을 잡으려 하지 말……!"

그때, 갑자기 자벨라에게 다가온 크라임이 발끝으로 입을 걷어찼다.

뻑!

"커억!"

크라임도 자벨라의 뻔뻔함과 교활함에 화가 치밀어 오른 것이다.

비록 미첼의 얘기는 듣지 못했지만 무슨 얘기가 오고갔는지 충분히 짐작이 갔다.

크라임이 자벨라 자작의 오른쪽 정강이뼈를 밟아 부러뜨렸다.

빠각!

"끄으으!"

이번엔 왼쪽 정강이뼈를 분질렀다.

빠각!

"끄어허허!"

크라임은 쪼그려 앉아 자벨라의 머리채를 휘어잡았다.

"사과해."

"사, 사과하라니요……."

"미첼에게 사과해."

"사과하면 사, 살려주실 겁니까?"

자벨라 자작은 끝까지 제 한 목숨 건사할 생각밖에 없었다.

마리엘이 놈의 명치를 무릎으로 찍었다.

뻑!

"커허헉!"

"이것저것 재지 말고 사과부터 해. 안 그러면 당장 죽여 버릴 테니까."

"쿨럭! 컥! 크흐… 하, 할게요! 하겠습니다."

자벨라가 미첼을 바라보며 눈물을 줄줄 흘렸다.

"미첼! 미, 미안하다. 정말 미안해. 잘못했다. 내가 죽을죄를 지었어. 내가 나쁜 놈이야. 한 번만… 날 한 번만 용서해 줄 수 없겠니? 응? 미첼… 이렇게 빌도록 하마. 제발… 제발

날 용서해다오!"

자벨라는 간절하게 애원했지만, 그 자리에 있던 누구도 그의 말 속에서 진심을 발견하지 못했다.

마리엘이 미첼에게 물었다.

"어떻게 할래, 미첼?"

미첼은 매서운 눈으로 자벨라를 노려보며 대답했다.

"죽여 버리세요."

"미, 미첼!"

자벨라가 혼비백산해서 소리쳤다.

마리엘이 자벨라의 턱을 밟아 으깼다.

빠드득!

"끄으으으으!"

그 상태에서 채찍을 휘둘러 목을 휘감았다.

"꺼허……!"

다시 자벨라의 숨통이 조여왔다.

크라임도 가만히 있지 않았다.

대거를 꺼내 그대로 자벨라의 배에 꽂아 넣었다. 그 상태에서 아래로 죽 그어 내리니 찢어진 뱃가죽으로 내장이 쏟아졌다.

거기서 끝이 아니었다.

이번엔 왼쪽 가슴에 마구잡이로 대거를 꽂아 헤집어 버

렸다.

자벨라가 눈을 까뒤집고 똥오줌을 지리며 몸을 바들바들 떨었다.

"넌 고통스러워할 자격도 없어, 돼지새끼야."

마리엘이 독설과 함께 뒷꿈치로 자벨라의 머리통을 내리 찍었다.

콰직!

머리가 박살 나며 피와 뇌수가 바닥으로 흘러내렸다.

자벨라는 결국 자신이 죽인 미첼보다 더욱 처참한 몰골로 최후를 맞게 되었다.

"후우우."

상황을 정리한 마리엘이 미첼을 돌아보았다.

그런데 미첼을 서럽게 울고 있었다.

"흐윽… 흐으으윽! 흐으윽!"

그의 몸에서 서서히 빛이 일었다.

"미첼……."

마리엘이 미첼의 이름을 읊조렸다.

크라임은 마리엘의 손을 지그시 잡았다. 그러자 그의 눈에도 울고 있는 미첼이 보였다.

"고마워요, 마리엘 누나. 그리고 커틀렉 아저씨. 두 분 덕분에 저… 이제 누나가 있는 곳으로 갈 수 있어요. 정말 고마워요. 이 은혜는 영원히 잊지 않을게요."

"잘 가, 미첼. 그곳에서는 누나랑 행복해야 돼."

"네. 저… 만약에 다시 태어난다면 마리엘 누나랑 커틀렉 아저씨처럼 강한 부모님 밑에서 태어나고 싶어요."

"다음 생에는 분명히 그럴 수 있을 거야."

미첼의 몸에서 이는 빛이 더욱 강해졌다.

"정말 고마웠어요!"

미첼의 마지막 음성이 두 사람의 귓전에서 메아리쳤다.

그리고 미첼은 한줄기 빛이 되어 지붕을 뚫고 하늘로 솟구쳤다.

"이제 다 끝난 건가?"

마리엘이 고개를 끄덕였다.

"돌아가자. 나 피곤해."

마리엘은 크라임의 가슴에 얼굴을 묻었다.

그리고 그들의 보금자리로 공간이동을 했다.

자벨라의 작은 저택에는 피비린내만이 진동했다.

Chapter 11
대륙 십존 VS 하멜 후작가

대륙력 371년 8월.

그라함 왕국에 뜨거운 여름이 찾아왔다.

특히 그라함 왕국 남단에 있는 파보츠는 여름이 되면 다른 지역보다 더욱 더웠다.

하지만 그런 더위에 조금도 영향을 받지 않는 아홉 명의 사람이 당당하게 하멜 후작가로 향하는 중이었다.

그들은 바로 대륙 십존이었다.

한데 대륙 십존은 큰 전투를 앞두고 있는 사람들답지 않게 너무나도 느긋했다.

오히려 파보츠에 관광을 온 것 같은 느낌이 더 컸다.

파보츠에 도착해서도 하멜 후작가에 바로 들리지 않고 가장 유명한 음식점을 찾아 식사까지 했다.

물론 그 유명한 음식점은 레인보우 펍이었다.

본점은 사람들로 붐벼서 3호점에 들어가 배를 채운 그들은 다시 목적지를 향해 걸었다.

그리고 드디어 하멜 후작가에 도착할 수 있었다.

아티모르는 문지기 사병들에게 다가갔다.

"하멜 후작이 안에 있나?"

"누구신지……?"

사병 하나가 아티모르의 기도에 잔뜩 위축되어 우물쭈물 물었다.

아티모르는 담담하게 자신을 소개했다.

"검황 아티모르 마렌이 찾아왔다고 전해주게."

그 소리에 사병들은 화들짝 놀라고 말았다.

검황이 누구인가?

이그드라엘 대륙의 절대적인 지존이다.

그런데 그런 자를 직접 두 눈으로 보게 되다니!

하나, 무작정 그의 말을 믿을 수는 없는 노릇이었다.

원래 유명한 사람일수록 그를 사칭하고 다니는 사기꾼들이 많기 마련이다.

"일단… 후작님께 그리 전하기는 하겠으나 거짓일 경우 화를 면치 못할 지도 모릅니다."

사병의 경고에 광제 모디안이 앞으로 나섰다.

그가 부드러운 미소를 지으며 말했다.

"조심해요. 그렇게 까불다가 죽을지도 몰라요."

단 한마디를 내뱉었을 뿐인데, 사병들은 알 수 없는 오싹함에 잔뜩 얼어붙었다.

두 명의 사병이 서로 시선을 교환하더니 그중 한 명이 얼른 저택으로 향했다.

잠시 후.

아르디엔과 제피아가 저택에서 나왔다.

그들은 철문 앞에 당도해 십존들과 마주하고 섰다.

"나를 찾았다고 했습니까?"

아르디엔이 아홉 명의 사람들을 찬찬히 훑어보며 물었다.

아티모르가 대표로 대답했다.

"그렇소."

"…설마 진짜 검황이 찾아왔을 줄은 몰랐군."

제피아가 그리 말했다.

그에 아티모르가 제피아의 얼굴을 확인하고서는 조금 놀란 표정을 지어 보였다.

"제피아?"

"오래간만이군."

"왕좌의 전쟁에서 패해 종적을 감췄다고 들었는데 여기에 머물고 있을 줄은 몰랐소."

둘은 오래전에 딱 한 번 함께 술을 나눈 적이 있는 사이였다.

서로가 서로를 만나기 위해서 약속을 잡고 술자리를 가진 건 아니었다.

제피아도 아티모르도 정처 없이 대륙을 여행하다가 우연히 들른 술자리에서 만나게 된 것이다.

고수는 고수를 알아본다고 했던가?

두 사람은 서로를 보통내기가 아니라 생각했다.

처음엔 따로 술을 마시던 그들은 은근히 상대방을 의식하다가 나중엔 테이블을 합쳐 이런저런 이야기를 나누며 통성명을 했다.

제피아는 검황의 정체에 놀랐고, 검황 역시 제피아의 정체를 알고서 적잖이 놀랐다.

두 사람은 날이 새도록 술잔을 나누다가 헤어졌다.

그것으로 끝이었다.

이후 둘이 마주치는 일은 없었다.

그런데 이런 식으로 재회하게 될 줄은 누구도 상상하지 못했다.

"무슨 일로 하멜 후작을 찾아왔지?"

제피아가 물었다.

아티모르는 말을 돌려서 할 줄 모른다.

그는 아르디엔을 찾아온 이유에 대해서 있는 그대로 얘기했다.

"마도국 게르갈드의 국왕 루틴의 부탁을 받아 아르디엔 하멜 후작의 목을 가지러 왔소."

"뭣이!"

제피아가 불 같이 화를 냈다.

아르디엔이 한 손을 올려 그런 제피아를 제지했다.

안 그랬다면 당장에라도 튀어나갈 기세였다.

"내 목을 가지러 왔다?"

아티모르를 적으로 인식한 순간 아르디엔은 더 이상 존대를 해주지 않았다.

"그렇소."

"너희들이 루틴의 개가 아닌 이상 단순히 명령을 받아 따르는 건 아닐 테고, 무언가 오고간 게 있겠지. 아마 그래야 할 거야. 검황이라는 사람이 고작 마도국 국왕의 뒤치다꺼리나 하고 다닌단 소문이 퍼지지 않으려면."

아르디엔이 비아냥거리자 레인저킹 제니아가 나섰다.

"말이 지나치시군요. 하멜 후작님께서는 예의라는 걸 모르시는 분인가요?"

"예의? 웃기는군. 내 목을 가지러 왔다 말하는 사람한테 내가 왜 예의를 차려야 하지?"

그러자 신궁 람이 나섰다.

"와하하! 그래, 예의는 무슨 예의. 그냥 죽이면 되는 거지."

아티모르가 인상을 구기고서 동료들을 노려봤다.

"지금부터 아무도 나서지 마라. 대화는 내가 한다."

"……."

"……."

제니아와 람은 아티모르의 명에 입을 다물었다.

아티모르는 아르디엔에게 사과했다.

"미안하오. 우리에게도 사정이라는 게 있소. 하지만 나와 아무런 원한도 없는 사람의 목을 그냥 가져가겠다고 하진 않겠소."

오히려 아티모르가 가지고 있는 아르디엔의 이미지는 좋은 쪽이었다.

해서 무작정 밤에 습격을 해 그를 죽일 생각은 처음부터 없었다.

"듣기로 그대의 사람들 중에도 제법 실력 좋은 이들이 많다고 하던데, 그들을 모아주시오. 우리가 아홉이니, 그쪽도 아홉이면 좋겠소."

아르디엔이 아티모르의 뒤에 서 있는 이들을 턱짓하며 물었다.

"혹시 저들이 대륙 십존인가?"

"그렇소, 나를 포함한 동료들 모두가 대륙 십존이오."

"한 명이 비는데."

"거기엔… 말 못할 사정이 있소."

아티모르의 얼굴빛이 확 어두워졌다.

아르디엔은 필시 지금 자리에 없는 한 명과 이들이 자신을 찾아온 것에 어떠한 연관이 있을 것이라 짐작했다.

"그래서 네 말은 대륙 십존 아홉과, 나를 포함한 내 사람들 아홉이서 일대일로 대결이라도 벌이자는 건가?"

"그렇소."

"싫다면?"

"받아들였으면 좋겠소. 이것이 내가 그대에게 최대한으로 베풀 수 있는 예의니."

사실 말도 안 되는 일이었다.

대륙 십존이 찾아와서는 후작가문의 사람들과 일대일 대결을 하자 청하다니.

누가 봐도 대륙 십존이 유리한 싸움이었다.

하지만 아티모르는 자신을 비롯한 다른 이들이 힘을 합쳐 하멜 후작을 치는 것보다는 이 편이 더 낫겠다고 생각했다.

아르디엔은 잠시 생각하다가 고개를 끄덕였다.

"만약 일대일로 싸워 우리 쪽이 더 많은 승을 거둔다면 난 그대의 목을 가져가겠소. 하나, 그대의 사람들이 더 많은 승을 거둔다면 내 목을 드리리다. 어떻소?"

"나쁘지 않군. 그렇게 하지."

아르디엔이 승낙하자 제피아가 놀라서 그를 바라봤다.

"하멜 후작. 이건 승산이 없는 싸움일세. 저들이 어깃장을 부리는 거란 말이야. 받아들이면 안 되네."

"난 충분히 승산이 있다고 생각하는데."

"허어."

제피아가 긴 탄식을 내뱉었다.

아르디엔은 그런 제피아를 조금도 신경 쓰지 않고 아티모르에게 말했다.

"대신 나도 조건이 있다."

"말해보시오."

"대륙 십존들과 싸울 상대는 내가 정한다. 그리고 이 싸움에서 나 이외의 다른 사람은 절대 죽어선 안 된다."

"그렇게 하시오."

"또 하나, 너희 쪽 사람들이 어떤 인간들인지 파악해야겠다. 지금 당장."

아티모르는 그것도 수긍했다.

그리고 한 명 한 명의 별호와 이름을 설명해 주었다.

워낙에 유명한 사람들인지라 단지 그것만으로 그들의 어떤 분야에서 대성을 이룬 것인지 전부 파악할 수 있었다.

"이게 마지막 요구다. 내 사람들을 모이게 하려면 시간이 필요해. 다들 뿔뿔이 흩어져 있으니. 오늘 저녁, 파보츠가 내려다 보이는 언덕으로 와라. 그곳에서 기다리겠다."

그러자 야차왕 학센이 참지 못하고 나섰다.

"이 자식이! 우리가 놀러 왔는 줄 아나! 그래놓고 도망가려는 셈 아니야!"

흡사 벼락이 내려치는 것처럼 쩌렁쩌렁한 목소리에 제피아는 미간을 구겼다.

아티모르가 그런 학센을 쏘아봤다.

학센이 당장 찔끔해서는 얼른 입을 다물었다.

"그렇게 하겠소. 그럼 약속한 시간에, 그대가 말한 장소에서 보겠소."

아티모르는 십존들을 이끌고 하멜 후작가를 떠났다.

그들이 사라지고 난 뒤, 제피아가 길게 탄식했다.

"하아. 대체 어쩌려고 이런 제의를 받아들였는가?"

그 물음에 아르디엔이 씩 웃었다.

"제피아. 자네는 내 사람들을 너무 과소평가하고 있어."

"과소평가라니. 천만에. 한 명 한 명이 뛰어난 이들이라는 걸 잘 알고 있네. 하지만 상대는 대륙 십존이야. 절대로 이 승부에서 이길 수가 없단 말일세."

"그런가? 내 보기엔 별거 아니던데."

그야말로 놀랄 노자였다.

세상에 어떤 인간이 대륙 십존을 별거 아니라고 말할 수 있겠는가.

"자네가 보기엔 별거 아닐지 모르겠지만, 다른 사람에겐 절대 그렇지 않다네."

"그래서 사족을 달았잖아. 우리 쪽 사람은 죽어선 안 된다고. 어차피 지더라도 목숨을 잃을 위험은 없어."

"아르디엔!"

제피아가 답답한 마음에 아르디엔의 이름을 소리 높여 불렀다.

언젠가부터 늘 하멜 후작이라며 그를 대우해주던 제피아였다.

한데 이번엔 너무 무모하다는 생각이 들었다.

아르디엔은 그런 제피아를 보며 씩 웃었다.

"그대가 보기엔 대륙 십존이 내 사정을 봐준 것 같아?"

"아티모르는 악인이 아닐세. 필시 어떠한 이유 때문에 어쩔 수 없이 싸움을 걸어온 것일 테고 그게 미안해서 이런 식의 승부를 제안한 게 분명하네."

"완전히 잘못 짚었어."

"무슨 소리인가?"

"그건 아티모르 입장에서 봤을 때지. 내 입장에서는 내가 그들의 사정을 봐준 거야."

"대체 그게 무슨……."

"마음만 먹었다면 그 자리에서 대륙 십존의 모가지를 전부 비틀어 놓을 수도 있었어."

"……."

제피아는 너무 기가 막혀 더 할 말이 없었다.

혼자서 대륙 십존 들을 제압할 자신이 있었다니? 그게 어디 가당키나 한 말인가.

하지만 정작 그런 엄청난 말을 내뱉은 아르디엔은 태연자약했다.

"일단 사람들을 불러 모아야겠어. 케이아스, 크라임, 디스토, 마렉, 라미안, 마리엘에게 연락을 해줘."

제피아는 더 이상 아르디엔의 고집을 꺾을 수 없다는 걸 알았다.

"알겠네. 한데… 그렇게 부른다고 해도 나와 자네를 포함해 여덟밖에 되질 않아. 한 명은 어떻게 할 생각인가?"

"페스토치를 넣을 거야."

"뭐?!"

페스토치는 하멜 후작가의 기사단장이다.

하멜 후작가의 기사들은 모두 뛰어난 실력을 자랑한다.

때문에 기사단장은 분명 훌륭한 기사임에 틀림이 없다.

하지만 그건 대륙 십존이 상대가 아닐 때의 얘기다.

그들 앞에서 페스토치는 거인 앞에선 개미와 같았다.

"아무리 그래도 페스토치를……."

"아티모르는 우리 쪽 사람들을 죽이지 않겠다고 약속했지. 분명히 좋은 경험이 될 거야."

"그런 얘기가 아닐세. 한 명이라도 강한 이를 넣어도 모자를 판에 페스토치라니? 이건 한 번의 싸움은 져주고 시작하겠다는 말이 아닌가?"

"한 번 정도는 져도 괜찮으니까 그렇게 해."

아르디엔은 거기까지 얘기하고서 먼저 저택으로 걸음을 옮겼다.

"허허허허."

제피아는 고개를 절레절레 저으며 넋빠진 웃음을 흘렸다.

대체 아르디엔의 저 자신감은 어디에서 나오는 건지 모를 일이었다.

*　　*　　*

제피아는 아르디엔이 호명한 사람들에게 연락을 취했다.

연락을 받은 이들은 저녁이 되기 전에 모두 하멜 후작가로 모여들었다.

아르디엔은 모인 이들에게 그들을 소집한 이유에 대해서 설명했다.

그러자 케이아스를 제외한 모두가 기겁을 했다.

대륙 십존과의 전쟁이라니.

대륙 십존은 마음먹고 힘을 합치면 소국 하나 정도는 쑥대밭으로 만들 수 있는 이들이다.

"너무 경솔했던 것 아닌가요."

디스토가 항의했다.

아르디엔은 고개를 저었다.

"경솔하지 않았다. 우리가 충분히 이길 수 있어."

"솔직히 이번에는 저도 걱정됩니다."

크라임의 말이었다.

"젠장, 어차피 이렇게 된 거 걱정한다고 뭐가 달라져? 그냥 부딪히는 거야! 안 그래도 대륙 십존이라는 놈들이 얼마나 강한지 궁금했던 참인데 잘됐어!"

마렉이 호기롭게 외쳤다.

아르디엔은 차라리 그런 마렉이 마음에 들었다.

그가 수심 가득한 사람들에게 말했다.

"다들 자기 스스로의 능력을 너무 과소평가하지 마. 한 명 한 명 짚어볼까? 케이아스는 지금 오러 익스퍼트 상급의 검사야. 게다가 스피드는 타의 추종을 불허할 정도지. 제피아는 8서클의 흑마법사야. 그의 강함이야 더 설명할 필요가 없겠지. 크라임은 그라함 왕국 내에서 세 손가락 안에 드는 어쌔신이야. 대륙 십존에도 흑제라 불리우는 어쌔신이 있더군. 일레인이라 그랬었나? 지금은 그가 최강의 어쌔신이라 불리고 있을지 모르겠지만, 그건 크라임이 자신의 능력을 전부 드러내지 않았기 때문이야. 크라임은 뇌파의 힘을 일레인에게 보여주지 않았을 거야, 그렇지?"

크라임이 살짝 고개를 끄덕였다.

아르디엔이 다시 말을 이었다.

"마리엘은 조금 불안하긴 하군."

"뭐?! 왜 나만 안 좋게 얘기해!"

"안 좋게 얘기하는 게 아니라 사실을 얘기하는 거야. 공간이동 말고는 특별할 게 없으니까. 알아서 기지를 발휘해 싸우도록. 괜히 져서 망신당하고 싶지 않으면."

"어휴, 그렇게까지 신경 써 주시니 몸둘 바를 모르겠네요."

"다음으로 마렉은 내 밑에 있으면서 단 한시도 쉬지 않고 끊임없이 스스로를 단련시켜 왔어. 용병왕이라는 칭호가 괜히 붙은게 아니야. 디스토 역시 초신성이라는 칭호가 부끄럽지 않을 만큼 정령술, 마력, 오러의 증진에 힘써왔지. 중급 정령 넷을 소환할 수 있고, 6서클의 경지에 올랐으며 오러는 익스퍼트 상급이니 이번 전투에서 누굴 만나든 쉽게 질 거라고 생각되지 않아. 그리고 라미안은 7서클의 백마법사야. 이제 8서클의 경지를 목전에 두고 있어. 제피아만큼 강한 여인이야. 마지막으로 페스토치."

"네!"

페스토치가 잔뜩 긴장한 상태로 대답했다.

애초에 페스토치는 자신이 왜 이 괴물들 사이에 끼어서 전투에 참가해야 하는지가 의문이었다.

한데 그 의문은 금방 해결되었다.

"넌 머릿수 맞추려고 끼워넣은 거니까 좋은 경험 한다고 생각해."

"아, 알겠습니다! 감사합니다!"

페스토치가 우렁차게 외치며 고개를 조아렸다.

그 모습에 사람들은 일제히 웃음을 터뜨렸다.

이제 조금 긴장이 풀린 것이다.

사실 처음에는 말도 안 되는 싸움이라 생각했다.

그런데 아르디엔의 말을 듣다보니 해볼 만하지 않나? 싶었다.

막연히 대륙 십존이라는 명성에 겁을 집어먹었던 것 같

았다.

아르디엔은 심기일전한 동료들을 보며 흡족해했다.

"가자."

하멜 후작가와 대륙 십존의 싸움이 시작되려 하고 있었다.

Chapter 12
대륙 십존 VS 하멜 후작가 2

파보츠가 내려다보이는 언덕.

일전에 가브리엘이 최후를 맞은 곳이기도 한 그곳에서 열여덟의 인원이 마주보고 섰다.

아티모르와 아르디엔이 대표로 앞에 나섰다.

"약속을 지켜주어 고맙소."

아티모르가 말했다.

"나는 너희들이 꼬리를 말고 도망가면 어쩌나 걱정했다."

"쓸데없는 걱정이오. 대전 상대는 정했소?"

"물론."

"우리 쪽에서는 누가 먼저 나갔으면 좋겠소?"

"서열 낮은 사람부터 차례대로."

"좋소. 뇌전창 실리안 콴을 내보내겠소."

"우리 쪽에선 하멜 후작가의 기사단장 페스토치를 내보내지. 페스토치!"

"네!"

아르디엔의 부름에 페스토치가 얼른 앞으로 튀어나왔다.

아르디엔이 그의 어깨를 툭툭 두들겨 주고 뒤로 빠졌다.

그에 실리안이 걸어 나와 페스토치의 앞에 섰다. 그녀는 페스토치의 얼굴을 살피다가 픽 웃었다.

"뭐야. 기사님 잔뜩 긴장했는데? 괜찮겠어?"

"괘, 괜찮습니다."

"하나도 안 괜찮아 보이는데? 뭐… 애초에 약속한 게 있어서 죽이진 않겠지만 어디 한 군데 못쓰게 되도 난 몰라."

실리안이 페스토치를 잔뜩 겁줬다.

"적당히 해라, 실리안."

아티모르가 실리안에게 당부하고서 뒤로 빠졌다.

"에휴, 그래. 해보자구."

실리안이 창을 꺼내들었다.

페스토치도 검을 뽑았다.

그가 검에 오러를 불어 넣었다. 푸른빛의 오러가 검날에 맺혔다.

이를 본 실리안이 고개를 끄덕였다.

"오러 익스퍼트 중급 정도 되나? 그럼 나도 딱 그 정도 수준으로 싸워줄게. 먼저 올래?"

페스토치는 대답을 못하고서 우물쭈물거렸다.

"아, 답답해. 내가 갈게. 잘 막아봐."

실리안이 창에다 오러를 주입했다. 그러자 창끝에서 스파크가 튀었다.

그녀의 몸이 쏜살같이 쏘아졌다.

페스토치가 눈을 부릅떴다.

순식간에 거리를 좁힌 실리안이 무서운 속도로 창을 찔러 넣었다.

"크윽!"

카앙!

페스토치는 가까스로 창을 막으며 몸을 옆으로 틀어 실리안의 옆구리를 베려 했다.

쉬익!

과연 기사단장답게 날카로운 공격이었다.

하지만.

카앙!

실리안은 창대를 세우는 간단한 동작으로 그 공격을 막아버렸다. 이어, 주먹으로 페스토치의 얼굴을 가격했다.

빽!

"큭!"

미처 막지 못한 페스토치가 제대로 일격을 얻어맞았다.

비틀거리는 페스토치의 복부로 이번엔 무릎이 날아들었다.

빠악!

"컥!"

페스토치의 허리가 구십도로 구부러졌다.

실리안이 창날이 아닌 창대 끝으로 그런 페스토치의 등을 찍어 내렸다.

퍽!

"크흡!"

페스토치는 호흡이 딱 끊기며 바닥에 널브러졌다.

그런 그의 어깨로 실리안의 창날이 꽂혔다.

푸욱!

그리고 아찔한 뇌전의 기운이 전신으로 퍼져 나갔다.

파지지지지지직!

"으으… 끄으으으으윽!"

페스토치는 몸을 미친 듯이 떨다가 기절해 버렸다.

실리안은 창을 회수했다.

그리고 아르디엔을 바라보았다.

"내가 이겼지."

아르디엔은 고개를 끄덕였다.

라미안이 얼른 페스토치에게 달려가 회복마법을 시전했다.

그러자 어깨의 상처가 순식간에 나았다.

전기로 인해 먹은 쇼크는 어쩔 수 없었다.

시간이 흘러야 진정이 될 것이다.

기절한 페스토치를 한 켠에 잘 눕혀준 라미안이 아르디엔 일행에게 돌아왔다.

상황이 정리되자 아티모르가 말했다.

"우리가 이겼으니 앞으로 네 번을 더 이기면 그대들의 패배요."

"알고 있어."

아티모르는 다음 주자로 신궁 람 위나드를 내보냈다.

그 상대로 아르디엔 측에서는 라미안이 나섰다.

활을 쏘는 이와 7서클 마법사의 대결이었다.

"잘 부탁해~ 아가씨!"

람은 뭐가 그렇게 신나는지 히죽히죽 웃어댔다.

"라미안 테네린이라고 해요. 잘 부탁드려요."

짧은 통성명이 오가고 전투가 시작되었다.

람은 언제 살갑게 인사했냐는 듯 화살집에서 다섯 개의 화살을 꺼내 시위에 얹었다.

그가 시위를 죽 당기며 화살에 오러를 주입했다.

이어 시위를 놓자 다섯 개의 화살이 무서운 속도로 라미안을 향해 날아갔다.

"블링크."

라미안은 공간이동 마법 블링크를 시전해 그 화살들을 간단히 피했다.

람은 뛰어난 기감으로 라미안이 다른 장소에 나타나자마자 곧바로 다시 다섯 발의 화살을 날렸다.

라미안은 이번엔 그것을 피하지 않았다.

"매직 쉴……!"

라미안은 매직 쉴드를 시전하려 했지만, 그보다 화살이 더 빨랐다.

푸푸푸푸푹!

"꺄악!"

그녀의 사지와 복부에 화살이 한 발씩 박혔다.

뒤로 한참을 날아가 바닥에 널브러진 라미안의 몸에서 피가 주륵주륵 흘러내렸다.

"하하! 대단한 줄 알았는데, 겨우 그거야? 더 이상 못 싸울 것 같은데? 이걸로 우리가 두 번 이겼지? 앞으로 세 번만 더 이기면 끝!"

람이 신나서 외쳐대는데, 갑자기 그의 몸이 딱딱하게 굳었다.

아니, 자세히 보니 굳은 게 아니라 얼어버린 것이다.

차갑고 딱딱한 얼음 덩어리가 그의 다리를 잠식하더니 빠르게 몸을 타고 올라왔다.

"…어? 뭐야, 이거?"

람이 어리둥절해 하는 사이, 그의 전신이 얼음 덩어리에 잡아 먹혔다.

마치 빙하 속에 갇힌 꼴이 된 람은 뭐가 어떻게 돌아가는지 모르겠다는 표정으로 굳어버렸다.

그와 동시에 화살을 맞고 쓰러져 있던 라미안의 모습이 사라졌다.

라미안은 상처 하나 없는 깔끔한 모습으로 전장 한 가운데에 서 있었다.

사실 그녀는 처음 람이 화살을 쏘았을 때, 블링크 마법을 시전한 뒤, 연이어 일루전 마법을 시전했다.

일루전은 상대방에게 환상을 보게 만드는 마법이다.

즉, 람은 그동안 자신의 환상 속에서 존재하는 가짜 라미안과 싸웠던 것이다.

진짜 라미안은 람이 헛짓을 하는 동안 6서클 마법 아이스 플라즈마로 그를 얼려 버렸다.

모르는 사람이 보면 대륙 십존이 어찌 저리 어이없게 당하는 걸까 생각할 수도 있겠으나, 사실 이건 모험이나 다름없었다.

람이 처음에 쏘는 화살을 라미안이 피할 수 있다는 보장이 없었다.

운 좋게 그것을 피하더라도 다음 화살이 날아오기 전까지 일루전 마법을 시전하지 못하면 라미안의 패배다.

그녀는 육체적 능력이 뛰어난 게 아니다.

때문에 마법을 시전해서 화살을 피하거나 막아내야 한다.

그런데 화살이 날아오는 속도는 그녀의 영창 속도보다 빠르다.

라미안은 애초부터 화살이 날아올 것을 예상해 미리 블링크 마법을 시전했다. 그리고 바로 일루전 마법을 시전하는데 성공했다.

정말 기가 막힌 타이밍 싸움이었다.

조금이라도 타이밍 맞지 않았다면 손쉽게 당하는 건 람이 아닌 라미안이었을 것이다.

람이 당해버리자 학센이 자신의 이마를 탁! 치며 한탄했다.

"어휴, 저 멍청한 놈."

"이걸로 일대일이네요."

라미안이 생긋 웃고서 전장을 떠났다.

*　　*　　*

3라운드에서는 디스토와 레인저킹 제니아 보하르가 붙게 되었다.

"죽이진 않겠지만 손속에 사정을 두지도 않을 겁니다."

제니아가 정중하게 경고했다.

"좋을 대로."

디스토는 심드렁하게 대답했다.

이후 두 사람은 누가 먼저랄 것도 없이 공격을 퍼부었다.

디스토는 정령술과 마법, 오러를 다룰 줄 알고, 제니아는 모든 무기들을 다룰 줄 안다.

다재다능한 두 남녀가 제대로 격돌했다.

디스토는 처음부터 자신의 모든 것을 쏟아부었다.

제니아도 몸에 지니고 있던 무기들을 여러 번 바꿔가며 사용했다.

두 사람의 싸움은 어찌나 현란한지, 나중에는 싸움이 아니라 예술행위처럼 보일 정도였다.

그들의 싸움은 한 시간이 넘도록 계속되었다.

두 사람의 몸에는 크고 작은 상처들이 가득 생겨났다.

둘 다 머리가 심하게 깨져 얼굴은 피칠갑이 되었다.

한 시도 쉬지 않고 싸웠더니 호흡이 거칠어졌고 입에서 단내가 풍겼다.

디스토도, 제니아도 자신의 모든 것을 보여주었다.

이제 서로가 서로의 공격패턴까지도 읽어버렸다.

이 싸움은 단 한 끗 차이로 승패가 갈라지게 될 게 분명했다.

잠시 떨어져서 서로의 눈치를 보던 와중, 디스토가 먼저 움직였다.

스리핏 파워와 마나, 그리고 오러도 다 떨어져 버린 디스토는 들고 있는 검을 휘두를 수밖에 없었다.

오러가 고갈된 것은 제니아도 마찬가지였다.

그러나 그녀에게는 수십 가지의 무기들이 있었다.

힘이 고갈된 상황이라면 제니아가 조금은 더 유리했다.

결국 그 조금이라는 것이 제니아에게 승리를 가져다주었다.

디스토의 검과 제니아의 검이 서로 교차하는 순간, 제니아는 숨겨두었던 표창을 꺼내 디스토의 복부에 찔러 넣었다.

푹!

"크!"

표창에는 몸을 마비시키는 독이 묻어 있었다.

디스토가 그대로 바닥에 쓰러져 굳어 버렸다.

제니아가 그런 그의 목에 검날을 들이대고서 아르디엔을 바라봤다.

"네가 이겼다."

판정을 듣고 난 뒤, 제니아는 검을 거두어들인 뒤 디스토에게 해독약을 주입했다.

"크흐으……."

마비가 풀린 디스토가 비틀거리며 일행들에게 다가왔다.

라미안이 그의 상처를 빠르게 치료해 주었다.

"젠장, 면목 없네요."

디스토는 머리를 긁적이며 투덜거렸다.

"괜찮다. 충분히 잘 싸워줬어."

아르디엔이 간단히 대답했다.

*　*　*

네 번째 전투에서는 마렉과 야차왕 학센의 차례였다.

마렉이 크라임 두 자루를 꺼내 양쪽 어깨에다 턱 걸쳤다.

상대를 도발할 때 그가 자주 사용하는 자세였다.

야차왕 학센은 무식하게 큰 육각의 봉을 목 뒤로 넘겨 그 위에다가 빨래를 널듯 양팔을 올리고서 마렉을 노려보았다.

"괜히 나한테 깨진 다음 질질 짜지 말고 지금 포기하는 게 어때?"

마렉이 말했다.

학센은 우습다는 듯 코웃음으로 그 말을 받았다.

"하! 이제 겨우 걸음마나 하는 녀석이 할 소리냐?"

"기어 다니는 녀석에겐 충분히 할 수 있는 소리지."

"긴말 필요 없고 붙자!"

"좋다!"

성난 황소처럼 서로에게 달려든 마렉과 학센이 격돌했다.

콰아아아앙!

크림슨과 철봉이 부딪히자 엄청난 충격파가 일었다.

둘 다 힘으로는 알아주는 인물들인지라 주고받는 공격 한 번 한 번에 엄청난 파워가 실려 있었다.

쾅! 쾅! 쾅! 쾅! 쾅!

두 사람의 병기가 얽히고설키면서 천둥치는 소리가 울려 댔다.

학센은 계속해서 철봉으로 마렉을 상대하다가 한순간 철봉을 비틀어 떼어낸 뒤, 쌍절곤의 형태로 바꿨다.

"응?!"

순식간에 변해버린 병장기에 당황한 마렉이 움찔하는 그 순간!

따다닥!

바람처럼 날아든 쌍절곤이 그의 양쪽 어깨와 턱을 가격했다.

어깨뼈가 부러지며 검을 든 팔이 축 처졌다. 턱이 부서지며 뇌가 흔들려 두 다리는 중심을 잡지 못하고 비틀거렸다.

최악의 위기였다.

학센은 그 순간을 놓치지 않고 최후의 일격을 먹였다.

퍽!

쌍절곤에 후두부를 얻어맞은 마렉이 눈을 까뒤집으며 기절했다.

학센은 쌍절곤을 다시 이어붙여 철봉으로 만든 뒤, 그것을 땅에 푹! 꽂고 마렉을 내려다봤다.

"흥! 애송이 녀석이 입만 살아가지고서는."

네 번째 전투는 학센의 승리였다.

*　　*　　*

현재 스코어는 아르디엔 일행이 1, 십존이 3이었다.

다섯 번째 전투에서는 마리엘과 투왕 아리나 유엘이 붙게 되었다.

"나, 여자라고 안 봐줘."

아리나가 경고했다.

"누가 할 소리."

마리엘이 코웃음 쳤다.

두 여인의 눈에서 스파크가 일었다.

마리엘이 허리에 감았던 채찍을 풀어 매섭게 휘둘렀다.

아리나가 채찍의 궤적을 피해 몸을 숙이고 앞으로 달려 나갔다.

한데 그 움직임이 표범 마냥 빨랐다.

눈 깜짝할 새 마리나의 앞에 다가온 아리나가 주먹을 내질렀다.

쐐애애액!

엄청난 파공성이 울렸다.

제대로 맞으면 얼굴이 남아나지 않을 것 같았다.

마리엘은 찰나의 순간 공간이동을 했다.

"어?"

갑자기 마리엘이 사라지자 아리나는 살짝 당황했다.

"마법사?"

하지만 이내 마음을 다잡고 하늘을 바라봤다.

하늘에서 다시 모습을 드러낸 마리엘의 기운을 느낀 것이다.

마리엘이 아리나의 정수리를 노리며 채찍을 휘둘렀다.

아리나가 왼팔을 들어 이를 막았다.

촤라라라락!

채찍이 그녀의 왼팔을 칭칭 감았다.

마리엘이 그대로 채찍을 당겼다.

아리나도 팔을 당겼다.

두 여인 간의 힘겨루기가 시작되었다.

하지만 힘으로는 마리엘이 투왕이라 불리우는 아리나를 이길 수 없었다.

"윽!"

아리나가 마음먹고 팔을 당기자 채찍과 함께 그대로 허공을 날아 끌려왔다.

아리나는 앞으로 달려 나가며 마리엘의 턱을 무릎으로 깨부수려 했다.

한데 그 순간 또 마리엘이 사라졌다.

아리나는 허공에다가 괜한 헛발질을 하고 말았다.

마리엘은 아리나의 바로 뒤에서 나타나 그녀의 허리를 감싸안았다.

"이게 또!"

아리나가 팔꿈치로 마리엘의 옆구리를 찍었다.

퍽!

"큭!"

딱 한 대를 맞았을 뿐인데, 그대로 졸도할 뻔했다.

마리엘은 더 맞기 전에 아리나와 함께 높은 하늘로 공간이동했다.

까마득한 하늘에서는 전장에 서 있는 사람들의 모습이 모래알처럼 작게만 보였다.

"아니라라고 했지? 미안해~ 그래도 투왕이니까 이 높이에서 떨어져도 죽진 않겠지?"

그 말을 남겨두고서 마리엘은 다시 땅으로 공간이동했다.

그녀는 승리를 장담하고 있었다.

아리나는 마법사가 아니다.

그래서 하늘을 날 수가 없으니 추락하는 게 당연했다.

점점 빠른 속도로 지상이 가까워져 왔다.

한데 갑자기 아리나가 한 발로 허공을 격(擊)하더니 추락하는 속도가 줄어들었다.

그녀는 다시 반대쪽 발로 허공을 격했다.

이번에도 추락 속도가 훨씬 줄어들었다.

놀랍게도 그녀는 공기를 발로 차대면서 속도를 줄이는 중이었다.

마리엘은 그 광경에 할 말을 잃고 말았다.

점차 속도를 줄인 아리나가 바닥에 착지하려는 순간 두 손으로 땅을 짚고 옆으로 밀었다.

그녀의 몸이 화살처럼 마리엘에게 튕겨나갔다.

그리고.

뻐어억!

"……!"

아리나의 팔꿈치가 마리엘의 명치에 제대로 꽂혔다.

마리엘은 비명도 지르지 못한 채 졸도했다.

이번 전투의 승자는 아리나였다.

*　　*　　*

십존은 연달아 세 번의 승리를 가져가 현재 스코어는 4였다.

반면 하멜 후작가는 라미안만 승리를 했기에 스코어가 1이었다.

이제 십존측에서 한 번만 더 이기면 그들의 승리가 되고 만다.

아르디엔은 아티모르에게 약속대로 목을 내주어야 하는 것이다.

그래서 여섯 번째 전투에 나선 크라임의 어깨가 무거웠다.

그의 상대는 최강의 어쌔신 흑제 일레인 제펠이었다.

"우리가 이렇게 마주하고 설 줄은 몰랐다, 크라임."

"나 역시 예상치 못했지."

일레인과 크라임은 일전에 한 번 자웅을 겨루었던 적이 있었다.

서로 간의 서열을 정하기 위해서였다.

결론부터 얘기하자면 크라임의 패배였다.

하지만 당시 크라임은 뇌파의 능력, 섀도우 워커를 사용하지 않았었다.

이번에 크라임은 자신의 모든 능력을 발휘해서 싸울 작정이었다.

잠시 시선을 주고받던 크라임과 일레인이 갑자기 모습을 감췄다.

그것은 마치 마술 같은 일이었다.

아무것도 없는 이 언덕 어디에 몸을 숨길 곳이 있단 말인가?

제대로 훈련을 받은 어쌔신은 종이 한 장만 있어도 몸을 감춘다더니 그 말이 사실로 드러나는 순간이었다.

잠시 동안 기묘한 정적이 이어졌다.

그러다 갑자기!

채채챙!

허공에서 암기들이 서로 맞부딪혔다.

동시에 두 명의 어쌔신이 다시 모습을 드러냈다.

카캉! 캉!

그들은 양손에 대거를 한 자루씩 들고 공방전을 펼쳤다. 그러다 또다시 모습을 감췄다.

그야말로 숨막히는 싸움이었다.

일레인은 크라임이 숨어 있는 곳을, 크라임은 일레인이 숨어 있는 곳을 찾기 위해 서로의 기척을 느끼는데 모든 신경을 집중했다.

이 싸움은 먼저 들키는 쪽이 지게 되는 것이나 마찬가지였다.

아까와 같은 정적이 계속 이어지던 와중.

쐐액! 푹!

"큭!"

갑자기 허공에서 암기가 날아들었고, 그것이 어딘가에 꽂히며 짤막한 신음 소리가 흘러나왔다.

이어, 어깨에 독 묻은 다트를 얻어맞고 비틀거리는 크라임이 모습을 드러냈다.

뒤이어 일레인이 회심의 미소를 머금고서 나타났다.

"여전히 발전이 없어."

일레인은 대거를 들고서 크라임에게 다가갔다.

이미 크라임의 몸에는 독이 충분히 퍼졌을 것이다.

생명에 지장을 주는 독은 아니지만, 일주일간은 토혈과 혈변을 보며 손가락 하나 까딱하지 못한 채 고생을 해야 할 것이다.

크라임은 몸이 굳어져 가는지 부자연스러운 자세로 숨을 헐떡였다.

"끝이야."

일레인이 손에 들고 있던 대거를 날렸다.

그것은 그대로 크라임의 오른쪽 가슴을 향해 날아갔다.

한데 그 순간, 크라임의 몸이 그림자 속에 녹아들었다.

"?!"

지금은 해가 떨어져 달이 뜬 시간.

사방이 온통 그림자였다.

섀도우 워커를 사용하기엔 아주 적절했다.

일레인이 당황해서 사위를 살폈지만 크라임의 기척을 읽을 수가 없었다.

그런데 갑자기 일레인의 발밑에서 대거를 든 손 하나가 불쑥 올라오더니 그의 아킬레스건을 잘라버렸다.

"큭!"

일레인이 중심을 잡지 못하고 뒤로 넘어졌다.

그림자에서 완전히 모습을 드러낸 크라임은 그런 일레인의 목에 롱소드를 겨눴다.

일레인이 떨리는 눈동자로 그를 바라보며 물었다.

"너… 중독된 게 아니었나?"

"다트에 묻은 독이 내 몸에 들어오는 순간 그 독의 해독제를 투입했지."

크라임은 이미 여러 종류의 해독제를 모두 몸에 지니고 있었다.

그리고서는 일부러 자신의 기척을 드러내 일레인의 표창에 맞아주었다.

이후 해독제를 몰래 투여한 뒤, 독에 중독되어 버린 척 연기를 했다.

일레인이 방심하고 다가왔을 때, 섀도우 워커를 이용해 그의 아킬레스건을 끊어버린 것이다.

상대방의 방심을 끌어내 완벽한 승리를 거머쥐었다.

"대체… 방금 그 기술은 뭐였지?"

일레인은 이해가 되질 않았다.

"너는 평생 익히지 못할 기술이지."

크라임이 씩 웃으며 검을 거두어들였다.

이번 전투는 크라임의 승리였다.

아울러 그가 최강의 어쌔신이 되는 순간이었다.

Chapter 13
마지막 전투

크라임의 승리로 하멜 후작가는 승점을 하나 더 추가해서 2점이 되었다.

일곱 번째 전투는 제피아와 몽상마법사 가르틴 레미엔이 붙게 되었다.

"하아, 이런 전투 정말 귀찮네요. 하지만 한때 마도국의 왕자였던 제피아 니플헤임님과 싸우게 되어 영광이에요."

가르틴은 말은 그렇게 했지만 표정은 전혀 영광스러워 보이지 않았다.

그의 얼굴엔 그저 나태만이 가득해 보였다.

"자네에 대한 소문은 많이 들었네. 여러 가지 기괴한 마법들을 발명했다지?"

"전 그다지 기괴한지 모르겠는데, 사람들은 그렇다고 하더라구요."

"이번에 제대로 보여줬으면 하네."

"그럴게요. 그럼 시작할까요?"

"그러지."

"아 잠깐, 그전에."

가르틴이 아티모르를 바라봤다.

"아티모르. 나 기권하면 안 돼?"

가르틴의 말에 제피아는 김이 확 빠지는 기분이었다.

이토록 중요한 전투에서 기권부터 생각한다니?

하지만 가르틴을 잘 아는 십존들은 뻔히 그럴 줄 알았다는 표정들이었다.

"가르틴. 해보는 데까지는 해봐."

"하아, 알았어. 그럼 갑니다, 제피아님. 아이스 스톰."

가르틴은 싸울 마음이 전혀 없는 것처럼 힘 빠지게 마법을 시전했다.

이에, 제피아는 아이스 스톰과 성질이 상방되는 마법을 시전하려 했다.

한데 막상 시전된 마법은 아이스 스톰이 아니라 플레어

였다.

제피아의 발밑에서 초고온의 화염이 솟구쳐 올랐다.

제피아가 황급히 몸을 빼 이를 피했다.

'외치는 시전어와 발동되는 마법이 달라?'

가르틴이 연이어 마법을 시전했다.

"록 스톰."

록 스톰은 바위의 폭풍을 만들어 상대방을 공격하는 7서클 마법이었다.

한데 이번에 시전된 건, 전격마법 썬더 스톰이었다.

전기의 폭풍이 제피아를 덮쳐 왔다.

"퓨리 오브 더 헤븐!"

제피아가 그에 맞서 8서클 전격 마법을 시전했다.

제피아에게 날아들던 썬더 스톰은 하늘에서 떨어진 어마어마한 벼락에 그대로 소멸해 버렸다.

"가르틴. 그대가 사용하는 기괴한 마법이란 게 고작 이런 것이었나? 시전어와 전혀 다른 마법을 발동하는 게 다란 말인가?"

"아니오. 다른 게 몇 개 더 있긴 한데… 아무래도 제피아님은 너무 노련해서 애초에 먹히지가 않을 것 같네요. 저는 동급 최강이지 8서클인 제피아님을 상대로 이기기는 힘들거든요."

이그드라엘 대륙에서 현재 8서클을 이룩한 사람은 제피아와 루틴이 유일했다.

사실 그들이 마음만 먹었다면 충분히 대륙 십존 안에 들었을 것이다.

하지만 두 사람 모두 세상의 서열 싸움에는 관심이 없었다.

그리고 흑마법사들은 아무리 강하다고 한들 대륙 십존으로 인정해 주지 않는다.

그들은 대륙의 공적이기 때문이다.

이미 시작부터 싸움에 흥미가 없었던 가르틴이 두 손을 높이 들어 올리더니.

"항복."

항복을 선언했다.

제피아가 어처구니없는 얼굴로 아티모르를 쳐다봤다.

"그대가 이겼소."

아티모르도 순순히 가르틴의 패배를 인정했다.

그렇게 일곱 번째 전투는 제피아의 싱거운 승리로 끝이 났다.

* * *

현재 스코어, 하멜후작가 3점에 십존이 4점이었다.

여덟 번째 전투는 케이아스와 광제 모디안 판트가 나섰다.

케이아스도 하멜 후작가의 서열 2위였고, 모디안 판트도 십존의 서열 2위다.

2인자끼리의 싸움인 것이다.

"너 많이 강하냐."

케이아스가 물었다.

"너 정도는 가루로 만들 수 있을 만큼 강할걸?"

모디안이 싱글벙글 웃으면서 대답했다.

"재미있는 놈이구나, 너."

"너야말로 나처럼 미친놈 같은데."

케이아스와 모디안의 미소는 어쩐지 닮아보였다.

사실 둘 다 정상은 아니다.

케이아스는 신궁 람처럼 쾌락주의 성향이 강하다. 그리고 모디안은 광기에 지배되어 살아간다.

그런 둘이 붙게 되었다.

모디안이 등에 메고 있던 바스타드 소드를 꺼내 들었다.

무식하게 크고 두꺼운 날은 보는 것만으로도 위압감이 들 정도였다.

케이아스도 쌍검을 뽑아들었다.

두 사람이 동시에 자신의 무기에다 오러를 주입했다.

선명한 푸른빛의 오러가 길게 뿜어져 나왔다.

"오러 마스터?"

모디안이 씩 웃으며 물었다.

"응!"

케이아스가 고개를 크게 끄덕였다.

"재미있겠어. 강한 녀석을 다져 버릴수록 더 흥분되거든."

"나도 강한 놈이랑 싸우는 게 좋아."

"경고하는데, 난 눈 돌아가면 널 죽일지도 몰라."

"너도 조심해."

두 사람의 말투는 너무나 장난 같아서 진지하게 싸움에 임하는 건지 헷갈릴 정도였다.

한데.

끼이이이잉!

막상 맞붙게 된 그들의 기세는 어마어마했다.

마렉과 학센이 공방을 주고받았을 때보다 훨씬 위협적인 충격파가 천지를 진동케 했다.

끼잉! 끼잉! 끼이이잉!

눈 한 번 깜빡할 때마다 수십 번의 공격이 오고갔다.

케이아스는 광속의 기사라 불릴 만큼 극쾌검을 자랑한다.

어지간한 이들은 케이아스의 검을 결코 눈으로 쫓지 못한다.

그런데 모디안은 케이아스에게 전혀 밀리지 않았다.

대등한 속도로 그의 검을 전부 받아내고 있었다.

아르디엔과 아티모르를 제외한 나머지 사람들은 그들의 공방을 제대로 볼 수도 없었다.

핏!

서걱!

쉴 새 없이 싸우던 두 사람이 서로에게 작은 상처를 입히고서 떨어졌다.

모디안의 뺨과 케이아스의 어깨에서 피가 흘러내렸다.

두 사람은 서로를 바라보며 씩 웃었다.

이어, 누가 먼저랄 것도 없이 동시에 달려 나가 다시 검을 섞었다.

끼잉! 끼잉! 끼이잉!

오러가 부딪히며 시끄러운 굉음과 함께 충격파가 터졌다.

그 충격파는 공방이 지속될수록 점점 더 거세졌다.

급기야는.

콰르르릉! 콰콰쾅!

충격파가 주변의 지형지물을 허물어뜨리는 상황까지 벌어졌다.

그건 도저히 인간들의 싸움이라고 볼 수가 없었다.

두 사람의 주변은 완전히 폐허로 변해버렸다.

싸움이 지속될수록 그들의 몸에도 크고 작은 상처가 생겨났다.

모디안은 내심 속으로 놀라고 있었다.

'설마 이 정도일 줄이야.'

사실 그는 케이아스를 완전히 무시했었다.

아니, 아티모르를 제외한 모든 인간들을 무시해 왔다.

세상에서 자신을 제압할 수 있는 건, 오로지 아티모르밖에 없을 거라고 생각했다.

그런데 이토록 대등하게 싸우는 케이아스를 보며 자신이 어리석었다는 걸 느꼈다.

그리고 신이 났다.

모디안은 강한 사람과 싸울 때 유독 즐거웠다.

피와 살이 튀는 강렬한 전투를 그는 좋아했다.

순수하게 싸우는 걸 즐기는 타고난 싸움꾼이 바로 모디안이었다.

케이아스역시 그랬다.

케이아스도 강한 녀석과 검을 섞는 것이 즐거웠다.

두 사람은 계속 상대방에게 상처를 입으며 전신이 피칠갑되어 붉게 물들어갔지만, 그럴수록 웃음이 났다.

즐거워 미칠 지경이었다.

피비린내를 풍기면서 살벌한 공방을 펼치는데 웃고 있는 모습은 흡사 광인들을 보는 것만 같았다.

*　　*　　*

케이아스와 모디안이 싸우기 시작한 지 두 시간이 흘렀다.

두 사람은 이제 처절하게 지쳐 겨우 검 한 자루 들 힘밖에 없었다.

디스토와 제니아가 싸울 때처럼 그들도 오러가 전부 고갈되어 버렸다.

아르디엔의 동료들은 십존 서열 2위 모디안과 호각수를 벌이는 케이아스를 보며 놀라워했다.

그런 동료들의 분위기를 읽은 아르디엔 입을 열었다.

"놀라워 할 거 없어. 너희들도 모두 십존을 상대로 멋지게 싸웠으니까."

아르디엔의 얘기에 사람들은 전부 강렬한 충격을 받았다.

생각해 보니 그랬다.

자신들도 대륙 십존이라는 사람들과 부끄럽지 않은 전투를 벌였다.

처음엔 어떻게 십존과 싸워야 하는지 막막하기만 했다.

그들의 명성에 지레 겁먹고 걱정부터 했었다.

하지만 아르디엔은 걱정하지 않았다.

그는 십존들도 별 거 아니라고 말했다.

"정말 그렇네요. 신기하고 놀라운 일이에요."

라미안의 말이었다.

하멜 후작가의 사람들은 아르디엔과 함께 지내면서 자기도 모르는 새 어마어마하게 강해져 있었다.

무려 십존과 겨룰 수 있을 만큼 말이다.

과연 그들의 곁에 아르디엔이 없었더라도 그럴 수 있었을까?

아무리 생각해도 이 모든 것은 아르디엔이 있었기에 가능한 일이었다.

케이아스와 모디안은 이제 오로지 육신의 힘만으로 싸우고 있었다.

처음엔 검을 들고 싸우다가 나중에는 그마저도 힘든지 무기를 버리고 주먹다짐을 시작했다.

둘 다 한참 전부터 피를 흘리고 있었기에 과다출혈 상태였다.

이대로 가다가는 어느 쪽이 먼저 출혈 쇼크로 쓰러져도 이상하지 않았다.

퍽! 퍽! 퍽! 퍽!

케이아스가 한 대를 때리면, 모디안도 한 대를 때렸다.

둘은 이제 무인의 싸움이 아닌 말 그대로 개싸움을 벌였다.

하지만 그러는 와중에도 광기에 찬 미소는 지워지지 않았다.

두 사람의 얼굴은 이미 알아볼 수가 없을 정도로 부어 터졌다.

"크크큭! 진짜 미친놈이야, 너. 이렇게까지 미친놈은 정말 오랜만에 본다."

모디안이 키들거렸다.

"나도 마찬가지야."

대답을 하는 케이아스도 큭큭 대며 웃었다.

둘은 몇 번을 더 주먹을 주고받다가 한 발짝씩 뒤로 물러났다.

그리고 남은 모든 힘을 한 손에 끌어 모았다.

이게 최후의 일격이다.

공격을 주고받은 뒤, 끝까지 버티는 자가 이긴다.

"으아압!"

"하아아!"

모디안과 케이아스는 고함을 지르며 달려 나갔다.

그리고.

퍼퍽!

서로의 주먹에 턱을 얻어맞았다.

크로스 카운터였다.

얼굴이 잔뜩 일그러진 모디안이 씩 웃었다. 그리고는 힘없이 풀썩 쓰러졌다.

케이아스가 희열에 가득 찬 얼굴로 아티모르를 바라봤다.

아티모르는 말없이 고개를 끄덕였다.

케이아스의 승리를 인정한다는 뜻이었다.

"이겼다."

케이아스는 그 말을 끝으로 바닥에 널브러졌다.

*　　*　　*

지금까지 하멜 후작가와 십존들의 스코어는 4대 4.

이제 마지막 전투만이 남아 있었다.

하멜 후작가와 십존의 운명을 거머쥔 사내들.

아르디엔과 아티모르가 전장으로 나섰다.

서로를 바라보는 두 사내의 눈에서 강렬한 기운이 일었다.

아티모르가 검을 꺼내들었다.

아르디엔도 그랑벨을 쥐었다.

그리고 지금껏 그 누구도 보지 못했던 엄청난 전투가 시작되었다.

『아르디엔 전기』 7권에 계속…